Sperimentali

Collana dedicata agli scrittori in grado
di coniugare solidità narrativa e originalità stilistica.

21

Michele Ruol

INVENTARIO DI QUEL CHE RESTA DOPO CHE LA FORESTA BRUCIA

SCOUTING CRUDO – STUDIO EDITORIALE

ISBN: 978-88-94845-52-5

a Nina

Ci danno la vita a cavallo di una tomba,
la luce brilla un istante,
poi è di nuovo notte.

Samuel Beckett, *Aspettando Godot*

Questo orribile mondo non è privo di grazie,
non è senza mattini
per cui valga la pena svegliarsi.

Wisława Szymborska, *La realtà esige*

Questa è un'opera di fantasia, ma è possibile che nel corso della lettura incontriate somiglianze o coincidenze con avvenimenti, persone, luoghi reali.
Per quanto ci sforziamo di inventare, tutto è già successo, e tutto succederà in modo imprevedibile: possiamo solo immaginare nuovi modi di raccontare la realtà.
Considerate quindi le risonanze come segni del caso o del destino, a seconda di come preferite interpretare lo scorrere della vita.

Parte prima

Casa

ingresso

Un tavolino, un appendiabiti, uno specchio, una mensola vuota: tutto è sbiadito, ricoperto da uno strato di polvere densa come la cenere che si deposita a terra dopo un incendio.

1. cornice in argento, 15x22 cm

La foto dei ragazzi sul tavolino nell'ingresso è la stessa che avevano usato per la lapide.

È stata scattata dopo un pranzo di Natale e li ritrae, il volto arrossato e la camicia sbottonata, mentre Maggiore prende sottobraccio Minore. I due fratelli si guardano, anticipando di un attimo il momento in cui scoppieranno a ridere.

Dopo quella foto, non ce ne sono state altre, o quanto meno non di loro due e basta. Qualche istantanea in posa – Maggiore in piedi, Minore in ginocchio – con il resto della squadra a un torneo organizzato dalla parrocchia, o tutti in fila con gli amici, la torta di compleanno sul tavolo. Decine di autoscatti con smorfie, occhiali a specchio, segni dell'abbronzatura, boccali di birra alzati.

Ma altre foto che meritassero di essere stampate e messe in una cornice d'argento, quelle no.

2. telefono fisso, marca Sirio, color avorio

Madre, quando parlava al telefono, era abituata a prendere appunti che poi gettava. A volte erano nomi – di persone, di vie, di cose da comprare al supermercato. Oppure date, orari, scarabocchi.

Era andata in pescheria e aveva cucinato tutta la mattina. Minore aveva telefonato per avvertire che non sarebbe tornato a pranzo. Lei gli aveva detto che non poteva chiamare all'ultimo quando ormai era tutto pronto, che faceva così ogni volta, che non gliene fregava di nessuno se non di sé stesso. Parlava incidendo sui post-it spirali che erano cicloni.

Dall'altra parte della cornetta il silenzio di una pianura spazzata dal vento. Era stato il loro ultimo litigio.

3. mensola stile rococò

Il portoncino blindato è la porta. Tutto l'ingresso, fino al tavolino del telefono, l'area piccola. Il dischetto, una venatura scura sul marmo.

Sfidarsi a rigori era vietato, per questo era uno dei loro giochi preferiti. C'era solo una regola: uno calcia, l'altro para, e si fa a cambio quando si segna.

Maggiore era in porta, accovacciato, pronto a buttarsi. Sapeva che Minore avrebbe calciato lì, rasoterra. Era il suo colpo migliore, ma gliene aveva già parati tre.

Minore lo aveva guardato negli occhi. Aveva guardato la palla. Aveva guardato il sette, come a dire, ora te la metto lì – era un bluff, avrebbe calciato rasoterra.

Il portoncino si era aperto, era entrato Padre. Aveva lasciato la sua ventiquattrore sul tavolino e, senza neanche togliersi la giacca, era corso verso Minore. Lo aveva dribblato, si era girato, aveva calciato: la palla era rimbalzata sul sette della porta, sul muro, sulla mensola sopra il portaombrelli.

Si erano sommati l'esultanza per il gol, lo scroscio della bomboniera del loro matrimonio caduta dalla mensola, le urla di Madre che stava preparando la cena.

Quante volte vi devo dire che non si gioca a calcio in casa!

Spalancata la porta, si era trovata davanti Maggiore, Minore e Padre – quest'ultimo con ancora il cappotto e il pallone sottobraccio.

Era rimasta a guardarli interdetta; poi era tornata a chiudersi in cucina.

4. fermaporta in vetro di Murano

A Madre capitava di andare verso l'ingresso pensando che fossero loro.

Dalla finestra aperta venivano rumori di voci, e si aspettava, pochi minuti più tardi, di sentirle scoppiare mentre entravano in casa. Stavano arrivando, li vedeva quasi che sbattevano il portoncino blindato sul fermaporta – una palla di vetro fumé.

Non si saluta neanche?, gli avrebbe urlato continuando ad affettare la cipolla sul tagliere.

Andando in bagno si era affacciata un attimo nelle loro camere e si era stupita di trovarle vuote. Il letto, la sedia davanti al computer contenevano ancora le loro forme: come se si fossero appena alzati.

Madre aveva spadellato la pasta, solo a quel punto si era accorta di aver apparecchiato per quattro.

Aveva lasciato lì il pranzo, ed era tornata in terrazza a spazzare e strofinare via la cenere piovuta ormai quasi un mese prima.

5. bomboniera di matrimonio in cristallo

Sul tavolino, accanto al telefono, c'è la bomboniera di Madre e Padre che prima stava sulla mensola. È un piccolo mappamondo, simbolo di quanto amassero viaggiare, con crepe che disegnano i confini di nuovi continenti.

L'anno seguente al loro matrimonio era nato Maggiore.

cucina

I fuochi, il lavello, gli elettrodomestici e i pensili laminati in ciliegio occupano tutto il lato sinistro. Sul lato opposto ci sono un tavolo allungabile, che non veniva mai aperto perché non c'era spazio, e una credenza a due ante.

Il pavimento è in cotto, costellato di impronte di terriccio.

6. televisore a tubo catodico 14 pollici

Padre non aveva mai smesso di lavorare, eccetto nei giorni che aveva impiegato a organizzare il funerale. Ma dal lunedì seguente era tornato in studio. Scadenze improrogabili, aveva detto. Poi le scadenze erano scadute, e se ne erano aggiunte nuove. È un periodo duro. Se non ci sono io si blocca tutto.

Aveva cominciato a rientrare a casa la sera tardi. A saltare il pranzo. Ad andare in ufficio anche nel fine settimana. Si trattava di un'eccezione, di un imprevisto, di un periodo temporaneo.

Una sera Madre se ne stava in cucina a guardare un poliziesco. Il televisore è un modello compatto infilato di traverso sul ripiano in formica – per anni aveva brillato notte e giorno, fino a quando l'avevano tumulato sotto un centrino ingiallito e gli avevano staccato la spina.

Durante l'intervallo Madre aveva alzato la voce per farsi sentire da Padre, senza staccare gli occhi dalla TV.

Ti manca tanto?

Quasi finito. Ho un progetto da consegnare entro domani, aveva gridato lui dal salotto, continuando a fissare il portatile.

Perché lavori così tanto?

Padre era rimasto in silenzio – il suo passe-partout per ogni conversazione difficile. Aveva aggiunto al progetto un filare di alberi; li aveva cancellati.

Sono identici a te, aveva pensato, non riesco a guardarti negli occhi senza vedere i loro, di occhi.

Ma era rimasto zitto: questo, poi, non l'avrebbe potuto cancellare.

7. cesto di vimini

Sopra il televisore c'è un cesto pieno di gomitoli di lana e rocchetti colorati. Madre non aveva mai lavorato a maglia prima di diventare madre: si era procurata tutto il necessario in una merceria vicino a casa quando era rimasta incinta. Le sere, mentre aspettava che Padre non ancora padre tornasse – aveva concentrato tutte le scadenze prima del parto, in modo da essere più libero successivamente –, o i pomeriggi quando era stanca di studiare, prendeva i ferri e si sedeva sul divano con le gambe incrociate.

La rimetteva in pace con sé stessa e con la creatura che le stava crescendo in grembo. Le dava l'impressione di occuparsene attivamente: c'era una prova concreta del fatto che la stava pensando. Un colore – rosa – che prendeva forma – coperta.

Madre era spaventata.

Temeva di non provare quello che avrebbe dovuto. Faceva fatica a esprimere come si sentiva, ma era piuttosto sicura che non fosse quello che tutti si aspettavano da lei. Aveva curiosità per quell'essere che percepiva muoversi, soprattutto se cercava di immaginare un futuro lontano. Eppure era un qualcosa di così vago che le sembrava inconsistente. Non era amore: anche l'attaccamento che provava non le pareva spontaneo, ma frutto di una scelta razionale – devo volerle bene.

Intrecciava lana e pensieri, tentava di dare un nome ai sentimenti. Le veniva in mente soltanto: paura.

Paura per come sarebbe stato il parto, paura per la piccola sconosciuta che si sarebbe trovata di fronte, paura per come avrebbe reagito vedendola.

Senza volerlo si metteva a pensare a sua madre e al solido rapporto che negli anni aveva costruito: i doveri erano i mattoni, i sensi di colpa la malta che teneva insieme il tutto.

Il dialogo tra loro si esauriva nelle comunicazioni utili al proseguimento della routine. Non c'era altro; tenerezza, affetto, intimità erano suppellettili da guardare con sospetto in casa d'altri.

E lei, che errori avrebbe fatto? Gli stessi? Diversi? Più gravi? Sarebbe riuscita a essere una madre migliore, o era tutto inesorabilmente già scritto nella genetica?

Quando Madre vedeva le foto di sua mamma da ragazza rabbrividiva per quanto le assomigliava. Avrebbe ereditato anche la stessa capacità di rovinare tutto?

8. tagliacarte

La notte dell'incidente c'era stato un incendio sui colli che cingevano a sud la città. L'intero fianco di un monte era andato in fiamme: il vento aveva sparso cenere per le strade, nei parchi, sui balconi per giorni, anche dopo che le fiamme erano state spente.

Allo stesso modo, dopo l'incidente, Madre e Padre avevano avuto la cassetta della posta invasa da lettere per giorni.

La svuotavano, ma il pomeriggio seguente era di nuovo piena. Madre entrava dal garage per non vederla, se proprio ci passava davanti la ignorava. Era compito di Padre raccogliere le buste ogni sera e allinearle in mazzetti ordinati sopra il tavolino.

Quando Madre andava a letto, Padre si stendeva accanto a lei, le appoggiava una mano al confine tra natica e schiena e aspettava.

Ascoltava il suo respiro; seguiva le lame di luce proiettate dai fari attraverso le tapparelle che rimbalzavano sulla specchiera di fronte al letto per poi allungarsi sul soffitto; contava i rintocchi delle campane. Attendeva che il respiro si facesse regolare; che le campane smettessero di suonare; che i fari fossero più radi.

Se a quel punto era ancora sveglio, andava nell'ingresso a raccogliere la corrispondenza, si spostava in cucina, prendeva il tagliacarte dal cassetto della credenza e cominciava ad aprire le buste.

Contenevano biglietti e telegrammi – quasi tutti uguali, come se le parole di cui erano composti venissero pescate da un medesimo sacchetto.

Condoglianze, perdita, dolore, abbraccio, vicini, tragico, angeli, ricordo.

Per ognuno, Padre prendeva un biglietto di cortesia da quelli stampati per il matrimonio, barrava i loro cognomi e scriveva sul retro la stessa frase di ringraziamento.

Una sera aveva da poco superato la metà, quando aveva trovato una busta con un formato diverso. Era lunga, aveva un logo colorato, era indirizzata a Maggiore.

Aveva inspirato tutta l'aria che poteva, l'aveva trattenuta per qualche secondo e l'aveva espirata dalla bocca. Conteneva due biglietti per un concerto che si sarebbe tenuto a Londra, e una lettera precompilata che si complimentava per l'acquisto. Li avevano comprati un paio di settimane prima, uno per Maggiore e uno per Minore, ipotecando la promozione per entrambi.

Padre aveva chiuso gli occhi per ricordare la sera in cui li avevano presi su internet. Se ne stava seduto, con i ragazzi alle sue spalle che gli suggerivano i dati da inserire, gli indicavano dove cliccare, dettavano i numeri della carta di credito, ridevano, cantavano brandelli di canzoni e lo prendevano in giro per la sua lentezza. Doveva fare in fretta, altrimenti non ne sarebbero rimasti più.

Anche se il concerto è tra quasi un anno?

Certo, vanno a ruba in poche ore, gli avevano risposto in coro.

Aveva provato a contare tra quanto sarebbe stato quel concerto – aveva immaginato settimane e poi mesi di notti come quella, gli era venuta la tachicardia.

Prima di tornare a letto aveva preso i biglietti e li aveva attaccati alla bacheca di sughero in camera di Maggiore, vicino alle sue foto e alle reliquie di concerti passati.

9. raccolta di calamite su frigo

Una sera avevano suonato al campanello. Al di là dello spioncino c'era un tipo alto con il pizzetto spelacchiato. Padre non l'aveva mai visto.

Sono un amico di Maggiore, aveva annunciato quello, oltre la porta.

Non ce la posso fare, aveva detto Madre, sono troppo stanca. Poi se ne era andata in camera e aveva preso delle gocce di Minias per riuscire a dormire.

Padre aveva fatto entrare il ragazzo e, per un attimo, erano rimasti fermi nell'ingresso a guardarsi.

Non ho parole, aveva detto lui – non aveva aggiunto altro.

Quando si erano spostati in cucina – gli sembrava troppo formale il salotto – Padre gli aveva chiesto se volesse da bere. Mentre cercava qualcosa da offrirgli, il ragazzo era rimasto in piedi a fissare le calamite che costellavano l'anta del frigo.

Si erano divisi una lattina di Coca. L'amico di Maggiore ogni tanto alzava lo sguardo, ma era restato coerente con la sua prima affermazione.

L'acme dell'imbarazzo era stata raggiunta al momento di salutarsi, quando i due si erano dati la mano. Padre aveva offerto le dita, il ragazzo il palmo per stringere il pollice e il dorso: si erano afferrati i polsi, avevano ritentato la presa, il ragazzo aveva detto, A presto, e Padre si era chiesto se fosse solo un modo di dire o se lo intendesse veramente.

Poi aveva acceso il computer e si era messo a lavorare, sperando che il sonno gli facesse presto chiudere gli occhi.

10. pentolino da latte

Sopra il lavandino si trova uno scolapiatti pensile: è vuoto, a parte un paio di spugne annerite e un pentolino.

Quando Maggiore era nato – a marzo – non aveva pianto subito. Un mezzo minuto di ritardo che aveva fatto preoccupare Madre: solo quando aveva cominciato a strillare si era resa conto di essere rimasta in apnea insieme a lui.

Quando Maggiore era nato, Madre e Padre non si aspettavano che fosse maschio, ma ci avevano messo poco a capire che tante cose sarebbero state diverse da come se le erano immaginate.

Maggiore piangeva: piangeva sempre. Il sollievo iniziale di sentire il suo respiro farsi voce era presto diventato stizza e poi sfinimento. Piangeva, ma non capivano perché: Madre gli dava il latte, lo cambiava, lo cullava, lo prendeva in braccio, gli cantava una ninna nanna, gli dava il ciuccio – e poi ricominciava – spesso senza ottenere alcun risultato.

Maggiore piangeva e non dormiva, di conseguenza non dormiva nessuno. Ma Padre doveva svegliarsi presto, non poteva permettersi di stare sveglio: dopo qualche notte insonne si era procurato dei tappi per le orecchie e si era trasferito sul divano.

A Madre era rimasto Maggiore – che allora non era maggiore ma unico – e tutte le ore della notte da affrontare da sola. Aveva imparato presto a sincronizzarsi, avevano accordato i respiri. Quando lui piangeva, piangeva anche lei. Quando era stremata, se lo stendeva accanto sul letto matrimoniale e si addormentava così, sul fianco, con il bambino ancora attaccato al seno e la speranza che durasse almeno un'ora.

Lo aveva portato al consultorio e le avevano detto che non stava crescendo come doveva: aveva poco latte, ma sarebbe bastato dargli delle aggiunte.

Nonostante le rassicurazioni, Madre era tornata a casa piena di colpa. Avrebbe dovuto capirlo prima, avrebbe dovuto arrivarci da sola, avrebbe dovuto avere più latte – invece le toccava dargli dell'orribile soluzione in polvere.

Con le aggiunte dopo le poppate, Maggiore aveva finalmente iniziato a saziarsi e a dormire per due, tre ore di seguito.

Quando sentiva che si svegliava, Madre andava in cucina, scaldava il latte, lo travasava nel biberon e se ne versava qualche goccia sul lato volare del polso, per testarne la temperatura. È vero che non era il seno, ma era sempre lei a farsi carico del suo bambino, e questo le bastava.

Mese dopo mese madre e figlio imparavano a conoscersi e costruivano equilibri diversi. Lentamente le cose miglioravano. Padre era tornato nel letto matrimoniale; lei aveva smesso di piangere tutte le sere.

Poi a settembre aveva scoperto di essere di nuovo incinta.

11. lavastoviglie da incasso

La cucina è un vecchio modello, con i ripiani in formica beige e le ante in ciliegio. Nel corso degli anni erano state fatte una serie di modifiche e di sostituzioni: il frigo e il forno erano stati cambiati quando si erano rotti; i cuscini che coprono le sedie erano stati rifoderati almeno un paio di volte; le tende e la lampada non erano più le stesse; perfino il ripiano era stato in parte sostituito, dopo essere stato danneggiato da una caffettiera bollente.

Unico pezzo originale la lavastoviglie, orgoglio familiare e vestigia di un passato remoto. Madre e Padre l'avevano comprata insieme agli altri elettrodomestici quando, ancora fidanzati, avevano messo su casa. La scelta era stata semplice: c'era un parente che lavorava per la Zanussi e che poteva fargli avere uno sconto, avevano assicurato i suoceri. Padre non aveva niente in contrario. Aveva funzionato allo stesso modo per la scelta della cucina, del bagno, del salotto. I suoceri non avevano dubbi su cosa convenisse comprare, e dove.

Madre annuiva e i suoi pensavano che le andasse bene tutto – non capivano che invece non le importava niente. Voleva che l'appartamento fosse pronto il prima possibile. Voleva solo sposarsi e andarsene di casa.

Padre annuiva perché non aveva nessuna competenza per contraddirli. Era ancora uno studente di architettura. Quando poteva, passava a vedere come procedevano i lavori di ristrutturazione. Controllava tutto con occhio attento, ma più per soggezione nei confronti del geometra e dei muratori che per spavalderia.

In realtà ci andava perché gli piaceva restare in quella casa messa a soqquadro, piena di polvere e calcinacci – gli piaceva restare lì, quando tutti se ne andavano, e fantasticare.

Come sarebbe stata la cucina, e il salotto, lo studio? Come si sarebbero animate quelle stanze vuote quando ci sarebbero andati a vivere? Cene romantiche, feste con amici, ospiti inattesi, serate di silenziose letture e rhum pregiati. Più che di oggetti, arredava la casa con persone e relazioni.

La prima stanza che aveva cominciato a usare era stata quella che un giorno sarebbe diventata la camera di Maggiore, che allora era stata soprannominata *studio*. Padre stava finendo gli esami, aveva bisogno di uno spazio per dedicarsi alla tesi. Aveva messo una scrivania, una sedia e un tavolo da disegno: altro non serviva.

Ogni tanto, con la scusa di vedere come progrediva il cantiere, lo raggiungeva Madre. Si portava libri e appunti, e stava tutto il tempo a rimbalzare lo sguardo dalle pagine al volto di Padre.

Lui era così concentrato sui suoi disegni che potevano passare ore prima che se ne accorgesse; un attimo dopo erano distesi per terra, o sui manuali di agronomia.

E se andassimo al mare?, gli diceva lei certe volte. Allora lasciavano lì i libri stropicciati, e via sulla statale.

In macchina Padre parlava senza sosta, riempiendo l'abitacolo di idee e progetti – avrebbe potuto guidare all'infinito, così, con Madre che gli sorrideva e annuiva spostandosi un ciuffo di capelli dagli occhi, mentre lui le raccontava le cose belle che il futuro aveva necessariamente in serbo per loro.

12. cavatappi a leva

Minore era in camera con il suo amico: si fermava spesso dopo la scuola. Altre volte era Minore ad andare a fare i compiti a casa sua. A giudicare dai rumori che provenivano dalla stanza – spari, motori fuorigiri, grida concitate – Padre dubitava della qualità dello studio.

Quel pomeriggio Padre si era portato a casa il computer e si era messo a lavorare in soggiorno, dal momento che Madre aveva un impegno improrogabile – una coppia che dopo settimane di sopralluoghi si era decisa a firmare la proposta d'acquisto.

Era suonato il campanello: la madre dell'amico era venuta a prenderlo, ma i ragazzi avevano ignorato la cosa. Padre aveva aperto la porta e l'aveva aspettata sul pianerottolo.

Ciao Papi!, gli aveva detto – era l'unica a chiamarlo così.

Si erano salutati con due baci sulle guance: si conoscevano da quando i rispettivi figli avevano cominciato le elementari, erano stati un paio di volte in vacanza tutti insieme all'isola d'Elba. Per Padre, lei e suo marito erano tra i pochi che avevano smesso di essere *genitori di*, ed erano diventati amici. Di solito, quando si incontravano, i figli e la scuola erano gli argomenti principali, ma nel tempo Padre aveva scoperto alcune passioni comuni, capaci di dirottare i discorsi anche su altro. Con suo marito funzionavano le gite in montagna – trekking o in bicicletta, i funghi – e la Grande Guerra. Con lei la letteratura, con particolare predilezione per quella inglese, e i Beatles. Era una donna con un'ironia pungente e una risata contagiosa.

Posso offrirti qualcosa mentre i ragazzi finiscono?

Padre le aveva fatto strada in cucina; aveva aperto una bottiglia di birra e un crodino.

È un sacco di tempo, gli aveva detto lei, Come stai?
Qualche acciacco, ma tutto bene.
Sempre problemi alla schiena?
È la mia croce. Stare al computer per così tante ore non aiuta, del resto.
Fammi vedere, aveva detto lei, ed era andata alle sue spalle. Gli aveva appoggiato le mani alla base del collo, poi giù, lungo la colonna.
Ci credo, sei tutto contratto qui.
E tu che ne sai?, aveva chiesto Padre ridendo.
Non ti avevo detto che sto facendo un corso di massaggio ayurvedico?
Guarda, non ci credo tanto a 'ste cose.
Chiudi gli occhi, gli aveva detto.
Aveva cominciato a passargli le dita tra i capelli, premendo sulle tempie, sulla nuca, poi era scesa sulle palpebre. Gli aveva afferrato la testa e gliel'aveva fatta ruotare. I tocchi erano lenti ma decisi, come ordini sussurrati. Bastava un minimo cenno per fargli piegare il capo, una pressione leggera per provocargli un brivido.
Padre si sentiva trasportato in un luogo altro. Il ronzio del frigo e le grida dei ragazzi dall'altra parte del muro non esistevano più. C'erano solo dita, centinaia, migliaia di dita che gli avvolgevano la testa – il corpo di lei era una presenza impalpabile, una dea Kālī di cui percepiva solo la punta dei polpastrelli e il calore del fiato.

13. noci, n. 7

Il rumore delle noci spezzate da Padre – era capace di romperle usando solo le mani, cosa di cui andava particolarmente orgoglioso, anche se faceva finta di sminuire. Il rumore delle noci spezzate era un sottofondo frequente che veniva coperto dalle risate, dai resoconti delle giornate passate, dalle domande fatte spesso senza aspettare risposta, dai suoni di stoviglie e dal brusio della televisione lasciata accesa dopo il telegiornale.

Poi quel rumore – di noci spezzate – era diventato l'unico. Un alfabeto morse che sostituiva le parole non dette.

Forse quel silenzio surreale era stato strano all'inizio. Ma presto era diventato normale, denso; infilarci delle frasi sarebbe stato difficile.

Erano passati sette mesi dall'incidente: era gennaio.

Domani abbiamo la prima udienza per il processo penale, aveva detto Padre. Aveva ripetuto una formula che aveva sentito dire all'avvocato e che sembrava metterlo in soggezione, Ci costituiremo parte civile.

Madre non aveva risposto: aveva preso le solite gocce e si era buttata a letto. L'ultima cosa che aveva sentito prima di addormentarsi era lo scroscio regolare dei gusci di noce spezzati.

salotto

Il pavimento – in marmo grigio con delle venature brunastre – è in parte coperto da un grande tappeto persiano. È una zona franca, il tappeto, una delle poche libere da arredi. Un tappeto più piccolo delimita l'area destinata al tavolino di cristallo, che confina da un lato con il divano e dal lato opposto con il tavolo e l'arcipelago di sedie che lo circonda.

Una portafinestra dà sulla terrazza: da lì parte una scia di terriccio, bacche e foglie secche – seghettate e lanceolate – che disegna su marmo e tappeti un autunno domestico.

14. motoscafo in legno Riva Aquarama, modellino 1:10

I giorni più difficili erano le domeniche. Per quanto Padre si portasse del lavoro da finire, arrivava sempre il momento in cui si trovavano insieme, Madre e Padre, senza niente da fare.

In quella prima estate da soli, Padre aveva avanzato delle proposte. Una gita in montagna. Una partita a tennis. Un giro in bicicletta. Andava per tentativi, cercando qualcosa che potesse far piacere a Madre, anche se dai silenzi che riceveva non riusciva a capire se si stesse allontanando o avvicinando – acqua o fuoco.

La domenica Madre andava a camminare. Seguendo gli argini, usciva dal centro città, arrivando fino alla base dei colli. Il fianco del monte più vicino era completamente carbonizzato: Madre vagava tra i tronchi anneriti, li immaginava lapidi di sé stessi. Inspirando si sentiva ancora odore di bruciato. Quando tornava era contenta, perché erano ore che aveva tolto alla giornata, ore in meno che la separavano dal sonno.

Padre interpretava queste lunghe passeggiate come il bisogno di solitudine. Era convinto che con il tempo la situazione sarebbe migliorata. Faceva l'unica cosa che sapeva fare: aspettare. Una confezione ancora cellofanata, scoperta cercando una risma di carta per la stampante, gli era venuta in aiuto.

Si trattava di un motoscafo in legno che aveva regalato ai ragazzi quando ancora credevano a Babbo Natale. Probabilmente non era stato di loro gradimento, si era detto scartandola, o forse erano troppo piccoli e il modellino troppo difficile.

Domenica dopo domenica il motoscafo prendeva forma – un modello lussuoso, con la prua in listarelle alternate di teak chiaro e scuro, le finiture del parabrezza e le bitte in ottone cromato, i sedili in finta pelle bianca. Padre aveva comprato in aggiunta anche il kit di trasmissione, con doppi motori, timoni ed eliche, e a febbraio l'aveva parcheggiato in una teca sulla libreria.

Quando si dedicava al modellino il tempo si contraeva – un po' come al lavoro, ma con meno fatica. Padre era capace anche di saltare il pranzo, tanto era preso a verniciare, a incollare, a scartavetrare. Forse anche in questo stava il piacere: nel riuscire a passare una giornata intera senza pensare a Madre, ai ragazzi, senza pensare ad altro che non fosse la giusta tonalità di bianco per la chiglia.

15. tappeto Yalameh rosso e blu

A fine giugno era nato Minore.

Quando aveva scoperto di essere nuovamente incinta, Madre aveva pensato che sarebbe stato meglio abortire. Già faceva fatica a stare dietro al primo – come facevano le altre madri a sorridere sempre?

Ma era un pensiero che non aveva avuto il coraggio di dire ad alta voce e di cui poi si era pentita. Cercava di cancellarlo ripetendosi che era meglio così: cresceranno vicini, si faranno compagnia. Una sorella, un fratello – non era quello che in fondo aveva desiderato di più?

C'erano momenti della giornata in cui in casa tornava il silenzio. Dopo pranzo e dopo storie interminabili, Maggiore si addormentava per un'ora e mezza, forse due. Minore si attaccava al seno e crollava in un sonno soddisfatto. Madre si guardava intorno. Anche solo elencare a mente tutte le cose che avrebbe dovuto sistemare le faceva accelerare il respiro e le offuscava la vista.

Adagiava Minore nella culla, si stendeva sul tappeto, e con le tempie che pulsavano fissava il soffitto, aspettando che venisse inondato di lacrime. Voleva rimanere in quella posizione per sempre, voleva che i bambini non si svegliassero mai. A volte immaginava Padre che lasciava la ventiquattrore nell'ingresso e la trovava lì, fredda. E allora rotolava oltre il margine del tappeto, fino a schiacciare la guancia contro il marmo. Voleva percepirlo, il freddo: era così che ci si sentiva?

Padre non si era accorto di niente: durante il giorno era sempre in ufficio, quando tornava a casa non era capace di riconoscere le tracce dell'alluvione passata.

I danni erano evidenti: rughe profonde erose dalle lacrime e occhiaie come macchie di muffa verdognola. Ma bastava una mano di fondotinta, perché a uno sguardo superficiale sembrasse tutto a posto.

16. tavolo 8 posti in castagno, primi del '900

È sul tavolo del soggiorno che si metteva Padre a ultimare i progetti, quando si era già fermato in ufficio a oltranza e doveva per forza tornare a casa.

Padre aveva sempre lavorato tanto, era il suo modo per sentirsi a posto con la coscienza: aveva imparato così, non concepiva che ci fossero altre possibilità.

Lo faceva anche perché sentiva che da lui dipendeva la sua famiglia, dipendevano le vacanze che avrebbero fatto d'estate, o la settimana bianca magari; dipendevano cose futili come le gite fuori porta, le rare cene al ristorante; dipendevano cose importanti come l'università dei ragazzi, o la casa che un giorno li avrebbe aiutati a comprare.

Niente avrebbe inciso sui ritmi di Padre – neanche l'incidente. Si era messo a lavorare ancora più duramente, diceva, per permettere a Madre di stare a casa e riprendersi: era il suo dovere. Quello che non diceva è che era prima di tutto una sua necessità.

Il lavoro per Padre corrispondeva innanzitutto con un luogo *fisico*: un ufficio, una porta chiusa, una scrivania, una libreria, una finestra che dava su un parcheggio.

Era un luogo *altro*: lontano dalla famiglia e dagli amici, separato da tutto. Un luogo dove i ponti con il resto della vita erano stati abbattuti, senza foto, senza ricordi; dove le scadenze erano la bussola dei pensieri, i rapporti con altri esseri umani esclusivamente lavorativi, e tutto era protetto da un imballaggio di formalità.

Un luogo *isola* agli antipodi della sua vita privata dove potersi rifugiare, dove poter restare fino a quando si trovava la forza di tornare a casa.

17. penna stilografica Pelikan MK10

Madre aveva immaginato che mettendosi d'impegno avrebbe potuto dare gli esami che le mancavano in un anno, un anno e mezzo massimo.

La mattina aveva accompagnato i bambini a scuola, aveva sistemato le cose della colazione, avviato la lavatrice, stirato due camicie per Padre che era rimasto senza, fatto la spesa.

In un attimo era ora di andare a prendere Maggiore e Minore. Al rientro li aveva lasciati in camera a giocare e aveva aperto i libri.

Dopo poco i bambini stavano già litigando: volevano entrambi lo stesso dinosauro, mentre un esercito di soldatini aspettava placido di essere annientato. Madre aveva provato a ignorarli rileggendo sottovoce la pagina. Aveva ricominciato tre volte, poi si era messa a cambiare la cartuccia della stilografica: distratta dalle urla aveva macchiato i polpastrelli e gli appunti.

Il diplodoco era scivolato di mano a Minore finendo contro l'occhio del fratello. Maggiore aveva cominciato a piangere.

Madre aveva lasciato a metà la pagina – sempre la stessa – e l'aveva portato in bagno. Gli aveva sciacquato il volto con acqua fresca.

La prima cosa che Maggiore aveva visto quando era riuscito ad aprire l'occhio erano le dita di Madre sporche di inchiostro. Era impazzito.

Mi si è rotto l'occhio, gridava.

Va tutto bene, non ti sei fatto niente.

Non è vero, mi è uscito tutto il nero dell'occhio, continuava a urlare Maggiore.

Ma quale nero?

Quello della pupilla: ho perso il nero come le seppie!

Ma no, mi sono solo macchiata con la penna mentre studiavo, l'aveva rassicurato. Facciamo che per oggi smetto e giochiamo insieme?

18. Lindor rossi, incarti

Qualche settimana dopo la prima udienza Madre se ne era andata di casa.

La motivazione – detta, ripetuta, gridata – era che non riusciva più a vivere con Padre. Ogni cosa che faceva o che diceva la irritava.

La torturava di proposte, senza capire che non poteva essercene una che andasse bene, perché Madre non voleva fare niente. Soprattutto, non voleva fare niente con lui.

Le pesava il tempo insieme, ancora di più di quanto le pesasse il tempo da sola. Le pesava il suo far finta di niente, il suo essere propositivo. Il suo guardare il paesaggio, se facevano un'escursione. Trovava fuori luogo il suo entusiasmarsi per il foliage dei larici, la sua soddisfazione per un rovescio ben riuscito, l'attenzione dedicata alla pressione delle gomme. La infastidivano le sue parole, quasi sempre sbagliate, in ogni caso inutili.

Non sopportava la sua presenza, anche di pochi secondi quando si incrociavano in corridoio. Non sopportava il rasoio elettrico la mattina, i quotidiani abbandonati sul tavolo del salotto insieme alle carte dei cioccolatini che mangiava dopo cena.

Quando una sera le aveva accarezzato i capelli si era messa a gridare.

Il giorno dopo aveva fatto una valigia con lo stretto indispensabile: biancheria intima, spazzolino, pigiama, qualche vestito di ricambio. Poi sulla strada per la stazione aveva buttato via tutto. Era entrata in un centro commerciale per comprare nuova ogni cosa.

La località dove avevano la casa al mare era mal collegata con i trasporti pubblici, soprattutto d'inverno, e raggiungerla aveva richiesto una giornata intera. Luce e gas erano staccati, per cui mancava anche l'acqua calda. Madre era arrabbiata, le sembrava che anche questo fosse colpa di Padre. Era sempre lui che si occupava dei contatori prima di chiudere casa, lei non ricordava neanche dove fossero. Ma erano problemi concreti che richiedevano di essere affrontati prima che diventasse tardi, non aveva tempo per pensare ad altro.

Quando era andata a letto aveva messo tutte e tre le coperte che aveva trovato, perché la casa non era dotata di riscaldamento. Se solo si fosse ricordata di prendere il radiatore elettrico che tenevano in garage. Però era soddisfatta di essere riuscita a farsi una doccia bollente senza aver chiesto aiuto a Padre.

In realtà il suo rancore verso di lui era solo la piccola parte di un rancore più vasto. Madre provava rancore per l'aria che respirava, rancore per ogni elemento contenuto nella loro casa.

Padre era l'unico su cui poteva sfogarlo.

terrazza

La terrazza è invasa da rovi che si intrecciano alle sbarre di metallo della ringhiera e si allungano sul pavimento, inglobando da una parte la serra, dall'altra i bidoni della spazzatura. C'è anche un mobile di plastica bruciato dal sole pieno di materiale per la pulizia della casa, ma le ante sono sigillate dai rami.

Al centro della terrazza, due ampi sottovasi di coccio sporchi di terriccio e foglie secche – lanceolate, a margine seghettato.

19. aspirapolvere a traino

Madre una sera aveva raccolto le forze che le erano rimaste. Aveva lavato i bambini, li aveva cambiati, aveva letto loro due storie e spento la luce; aveva cucinato, apparecchiato e preparato la moka per la mattina dopo. Quando tutto era stato fatto e non c'era più modo di rimandarlo, aveva chiamato Padre a tavola e, dopo cena, gli aveva raccontato tutto: del tappeto, del freddo, delle alluvioni.

Lui le aveva preso una mano e le aveva detto di non preoccuparsi, che erano cose che potevano succedere e che si risolvevano con il tempo. L'aveva spronata a tirarsi su, i bambini avevano bisogno di vederla sorridente. Vedrai che via via che crescono sarà tutto in discesa, le aveva assicurato.

Padre le aveva proposto anche di cercare qualcuno che la aiutasse a tenere in ordine la casa, che stesse con Maggiore e Minore qualche ora la mattina. Per Madre era un'ottima e una pessima idea insieme: aveva bisogno di stare da sola, di uscire. Una volta fuori però non sapeva cosa fare, dove andare.

Un giorno le era venuto in mente il consultorio, perché aveva una sala d'attesa in cui potersi mimetizzare senza rischiare d'incontrare nessuno che la conoscesse, e perché quando aveva avuto problemi con l'allattamento erano stati gli unici ad aiutarla cercando di non farla sentire in colpa.

Quando era stato il suo turno, si era trovata davanti una tipa più o meno della sua età: aveva un viso rotondo e un sorriso spontaneo. Pur senza conoscerla, Madre si era trovata a confrontare le loro due vite, come se quella ragazza fosse una sua versione alternativa – ciò che avrebbe potuto essere se avesse fatto scelte diverse.

Le aveva chiesto per quale motivo fosse lì. Madre senza pensarci aveva ripetuto le stesse parole: il tappeto, il freddo, le alluvioni. Dall'altra parte però non c'era fretta di arrivare a delle conclusioni, non c'era la solita soluzione già pronta che Padre le proponeva: aspettare. C'erano domande, e spazio per cercare risposte.

Aveva cominciato così un percorso di supporto psicologico; Padre le aveva detto che faceva bene, che per ogni cosa poteva contare su di lui. E aveva considerato risolta la faccenda.

Madre aveva incontrato la psicologa a intervalli regolari per cinque anni, fino a quando le piene si erano diradate. Di quegli anni era rimasto questo: quando Madre passava l'aspirapolvere in soggiorno, si avvicinava al tappeto con molta cautela. Come se fosse un alveo vuoto, che conservava tra gli argini l'acqua passata e i suoi detriti.

Non ne avevano più parlato, Madre e Padre, non avrebbe avuto senso. In questa mancanza di senso stava l'inizio del loro scisma.

20. scatola di cartone (*IN.*)

Dentro al mobiletto dei detersivi, accanto al secchio del mocio, c'è una scatola di cartone, una di quelle per bottiglie di vino, da sei. È chiusa con lo scotch da pacchi, ed è stata messa lì temporaneamente, in attesa di portarla in garage la prossima volta che si scende. Sul fianco a pennarello è scritto: *IN.*

Al suo interno lettere, qualche fiore secco e altri oggetti che grondano pietà. Qualcuno è arrivato spontaneamente. Altri su richiesta di Padre. Sarebbe stata una buona idea, gli avevano suggerito gli avvocati, cercare di ricostruire rapporti e amicizie – la rete sociale – dei ragazzi. Ricreare una sorta di memoria collettiva poteva fornire elementi utili quando si sarebbero costituiti parte civile, aveva spiegato. Bisognava anche misurare in qualche modo le potenzialità che il loro futuro conteneva, quantificarle e convertirle in indennizzo.

Il materiale che avevano raccolto era composto prevalentemente da lettere che dicevano quanto Maggiore o Minore fossero speciali, quanto mancassero; ma erano tutte così simili – per forma, per parole – che a volte si faceva fatica a capire a chi dei due si riferissero.

Padre aveva capito presto che non era stata una buona idea, perché ognuna di quelle lettere era benzina su un incendio.

Madre non aveva voluto essere coinvolta. Nei primi mesi, quando alcuni degli amici più stretti si erano fatti forza ed erano andati a trovarli, si era sciacquata il viso con l'acqua fredda e li aveva accolti in salotto – sempre senza trucco, per non sbavare. Offriva loro un tè, e ogni scusa era buona per alzarsi e spostarsi in cucina – a prendere dei biscotti, a riempire il barattolo di zucchero, a buttare via le carte dei cioccolatini, a controllare se fosse rimasto del succo. Tutto, pur di stare il meno possibile con quegli adolescenti, coetanei dei suoi figli – per poco ancora –, colpevoli di essere vivi.

Anche i loro amici, i pochi che Padre e Madre frequentavano abitualmente, dopo un breve periodo di silenzio si erano fatti sentire. Per sapere se avevano bisogno di qualcosa, se potevano passare per un saluto veloce.

Madre, e di conseguenza Padre, aveva sempre risposto di no, sempre in modo più secco, fino a quando si era creata una cortina tra loro e il resto del mondo. Un poco alla volta tutti avevano smesso di cercarli – per i rifiuti che ricevevano, per il tanfo di dolore che emanavano.

Ma a Madre, e di conseguenza a Padre, andava bene così: la loro unica possibilità di sopravvivenza era chiudersi in un lazzaretto. Uscire da lì voleva dire sollevare le croste che si erano formate a fatica.

21. accendino Bic giallo

Per la prima volta dopo anni, Madre si trovava a casa da sola: la mattina i bambini erano entrambi all'asilo, una piccola rivoluzione. Aveva fatto la spesa e, dopo averla sistemata nella dispensa e aver messo a posto la cucina, le avanzava ancora del tempo.

In camera di Maggiore, nel ripiano più alto della libreria, c'erano ancora i suoi libri dell'università. Li aveva passati con uno straccio umido e appoggiati sul tavolo del soggiorno. Le sottolineature a matita, gli appunti di biologia vegetale ricopiati su fogli a quadretti, un biglietto dell'autobus usato come segnalibro. Era tutto ancora lì, come se avesse studiato fino al giorno prima. Forse era davvero arrivato il momento in cui avrebbe mantenuto la promessa che si era fatta, Presto o tardi, mi laureerò.

Per diverse settimane, forse per dei mesi, aveva creduto davvero di poter riprendere gli studi da dove li aveva interrotti.

Era passata anche in segreteria studenti, per avere una copia dei programmi aggiornati e per fare il passaggio di ordinamento.

Poi i mesi erano diventati anni e la frustrazione si era condensata in un'altra mattina da guadare.

Sola a casa, ma con Maggiore e Minore ora nella stessa scuola elementare e Padre impegnato in un grosso progetto di recupero edilizio nella zona industriale, Madre si era fermata davanti alla portafinestra del salotto.

C'era il sole, il bucato da stendere, l'arrosto da finire di preparare. E il modulo di rinuncia agli studi da portare in segreteria.

Tornando a casa Madre si era fermata al distributore automatico della tabaccheria all'angolo. Quando si era seduta in terrazza, fissando i tetti delle case di fronte, aveva considerato che aveva smesso di fumare quando era rimasta incinta di Maggiore; Padre quando Minore aveva tre anni. Aveva fumato una prima sigaretta; una seconda; una terza.

Il posto originario dell'accendino era in cucina, nel cassetto delle posate, tra le candele e gli elastici. Madre ogni volta che si nascondeva a fumare, dopo averlo usato, lo seppelliva nuovamente tra le stoviglie. Poi aveva cominciato a tenerlo nella piccola serra in terrazza, ma Padre non si era mai accorto di niente.

22. icona religiosa, tondo da muro in terracotta

Appesa a un chiodo c'è una placca a bassorilievo che rappresenta la Pietà.

Madre era sempre stata abbastanza praticante e poco credente. Andava in chiesa a Pasqua, a Natale e quasi una domenica su due. Aveva preteso che i piccoli facessero catechismo e prendessero i sacramenti, ma dopo la cresima aveva smesso di insistere perché andassero a messa.

Nei primi tempi dopo l'incidente aveva trovato nel gruppo parrocchiale una presenza che si era stretta intorno a lei. Si era sentita abbracciata e, come un'alga, si era lasciata muovere dalla corrente.

Le avevano regalato un tondo della Madonna che cinge il corpo di Cristo. Le avevano parlato di vita eterna. Di disegni divini imperscrutabili. Di rinascita.

Il vuoto che Madre sentiva era così doloroso che l'avrebbe riempito con qualsiasi cosa. Avrebbe lavorato giorno e notte, se ne fosse stata capace. Ma non era in grado di concentrarsi, non riusciva a pensare ad altro, non riusciva a fare nulla.

Aveva dovuto mettersi in aspettativa. Era stato uno strazio anche solo telefonare al direttore dell'agenzia; anche solo mettere in fila le parole che aveva scritto sul post-it; anche solo rispondere alle sue domande – domande semplici, di un uomo che comprendeva benissimo e non metteva alcuna pressione –; anche solo quella frase detta a conclusione della telefonata – una frase senza malizia, più che altro un augurio –, Quando te la sentirai di tornare ti aspetteremo a braccia aperte.

Il gruppo parrocchiale non le chiedeva niente. La passavano a prendere a casa. La riaccompagnavano. La facevano sedere su un banco. Pregavano, cantavano, leggevano. Bastava che lei stesse lì, anche a occhi chiusi, anche senza ascoltare. Non facevano domande, perché le risposte le avevano già.

Aveva passato con loro quasi un anno.

Un giorno aveva detto che li avrebbe raggiunti più tardi; non era più andata. Quando l'avevano cercata aveva abbozzato scuse, ma la verità è che non sopportava la loro felicità di fondo, il loro ottimismo. Più semplicemente, la loro fede. Se ci fosse stato un dio del dolore, un dio dell'assenza, forse gli avrebbe creduto. Ma il dio dell'amore di cui le parlavano le sembrava un impostore.

L'icona però l'aveva tenuta. A una madre che abbraccia suo figlio, a una madre che stringe il suo corpo senza vita, a quella credeva.

23. scopa

Dopo aver messo a letto i bambini, Padre e Madre si erano spostati in salotto per bere una tisana. Madre era di buon umore, aveva preso il servizio buono. Mentre riempiva le tazze, Padre le aveva detto che un suo cliente cercava una segretaria.

Madre si era illuminata: era passato un anno da quando aveva abbandonato gli studi e in un attimo quelle parole di Padre le avevano smosso qualcosa. Si era immaginata un tailleur, gli appuntamenti da prendere, dei colleghi, un'agenda, i pranzi di lavoro. Non era quello che sognava, ma sarebbe stato qualcosa di nuovo, avrebbe potuto provare.

Conosci qualcuna che potrebbe essere interessata?, le aveva chiesto Padre.

Madre aveva fatto finta di pensarci. Poi, come presa da un'intuizione aveva detto, E se mi proponessi io?

Padre aveva riso. Non ce n'è bisogno, amore. Facendo l'occhiolino aveva aggiunto che se aveva voglia di mettersi in camicetta e minigonna, poteva farlo per lui.

Madre era rimasta in silenzio, con un sorriso congelato sul viso. Aveva cominciato a tremare, e la tazzina – quella del servizio buono – le era caduta.

Con lo Scottex aveva asciugato per terra; poi aveva preso la scopa in terrazza e aveva raccolto i cocci.

Il servizio da tè era rimasto dispari.

24. bidoni della differenziata

Madre era in terrazza. Qualcuno della parrocchia aveva suonato il campanello, ma lo aveva ignorato. Era rimasta a fumare, fino a quando aveva sentito Padre rientrare. Senza pensarci si era seduta in fondo, rannicchiata tra i bidoni della differenziata e la ringhiera.

Sei in casa?, aveva chiesto Padre.

Lei non aveva risposto: era rimasta con le spalle contro il muro.

Da quella prospettiva si vedeva un pezzo di cielo senza tetti e senza alberi. Un rettangolo azzurro.

Nascosta in quell'angolo aveva pensato a come tutto avesse perso senso. Anche lei avrebbe voluto perdere i sensi. Ci era andata vicino, ma le era rimasto quello di colpa.

Forse è meglio se mi rimetto in terapia, aveva pensato.

Era restata lì, fino a quando il rettangolo era diventato blu.

camera di Minore

Un grosso alone scuro si allarga sul soffitto, disegnando i confini di un continente emerso con l'abbandono. L'intonaco si è sollevato in più punti, creando crateri e catene montuose; sul resto prevalgono le gradazioni dal verde al marrone dei boschi di muffa lussureggiante. L'umidità si condensa in gocce che si staccano dal soffitto e, pochi metri più sotto, si raccolgono in un minuscolo lago artificiale, sorto nel vano per la carta della stampante.

25. stampante laser b/n

Andando a fare la spesa, Madre aveva trovato su una bacheca l'annuncio di un'agenzia immobiliare: cercavano collaboratori anche senza esperienza specifica da formare e inserire nel team. Madre aveva proseguito, ma arrivata al semaforo era tornata indietro.

Le avevano proposto di lavorare come consulente, un ruolo dinamico e stimolante, con enormi potenzialità di crescita e la possibilità di gestirsi gli orari anche in modalità part-time. Inizialmente sarebbe stata affiancata, ma le offrivano un percorso professionalizzante che l'avrebbe presto portata a diventare agente immobiliare. Madre aveva ringraziato ed era tornata a casa – avrebbe fatto la spesa il mattino seguente.

Aveva continuato a pensarci per giorni, posticipando sempre il momento in cui ne avrebbe parlato con Padre. Non lo aveva ancora fatto quando era tornata in agenzia e aveva compilato le carte. Quel pomeriggio stesso aveva scaricato la documentazione mandata dal commercialista per l'apertura della partita IVA. L'aveva stampata, era andata in salotto a prendere la stilografica e aveva firmato. Le avevano dato una scrivania in vetro e un computer in un ufficio open space. Quella sera avrebbe parlato con Padre, doveva farlo – ma poi non se l'era sentita. Voleva prima essere sicura, vedere come andava.

I colleghi erano tutti più giovani, spesso ridevano a battute che lei non capiva. Madre si sentiva felice e fuori posto come un'imbucata a una festa; aveva comprato un nuovo rossetto e aveva portato un vassoio di brioche il giorno del suo compleanno. Aveva tantissime cose da imparare: in agenzia il tempo volava, in un attimo era ora di salutare tutti e correre a prendere i bambini.

Quando pensava di raccontarlo a Padre, immaginava la conversazione che avrebbero avuto, e desisteva. Per la gestione della casa aveva chiesto alla donna delle pulizie di venire un giorno in più, tanto Padre usciva prima che lei arrivasse, non se ne sarebbe accorto.

All'inizio non aveva detto niente a Padre perché temeva che si potesse rompere il fragile incantesimo che la vedeva finalmente concentrata su qualcosa di suo, gli annunci e i contenuti da creare per il sito, gli appuntamenti da fissare con i clienti, i corsi da seguire per l'abilitazione come agente immobiliare.

D'altra parte, più passava il tempo più diventava difficile parlarne: la mole del silenzio cominciava a essere complicata da gestire. Insieme all'entusiasmo, al brivido di libertà che le dava sedersi alla scrivania e accedere alla sua posta aziendale, erano infine arrivati anche dei nuovi sensi di colpa.

Sentiva di tradirlo, ma non aveva nessuna intenzione di desistere.

26. borraccia Gio' Style Safari 1000

Dimenticata tra le mensole della libreria c'è una borraccia di plastica color senape, con la tracolla grigia e il coperchio bianco, che una volta svitato diventa un bicchiere.

Fino a quando erano andati in vacanza tutti insieme, la borraccia li aveva seguiti. I viaggi erano prevedibili nella tempistica e nella direzione: primi giorni di gennaio, montagna, e settimane centrali di agosto, Puglia, nonno paterno. Viaggiavano sempre di notte, tranne un'estate in cui Padre si era fatto convincere dalle proteste congiunte di Madre e figli contro la levataccia.

Si erano trovati bloccati in autostrada, sotto il sole, con ore e chilometri di coda davanti. L'aria condizionata funzionava a tratti, e l'acqua della borraccia era finita subito.

Padre continuava a lamentarsi, era ovvio che sarebbe finita così, quella era l'ultima volta, neanche l'acqua si erano portati, ci mancava solo che la Golf li lasciasse a piedi.

Con il giornale si era fatto un cappello di carta, di quelli da muratore, e si era messo a camminare avanti e indietro sulla corsia d'emergenza, perché a star fermo era ancora peggio. A un certo punto si era allontanato. Aveva trovato una famiglia con una Volvo nuova e un frigo portatile montato nel bagagliaio. Era tornato sorridendo con la borraccia piena di acqua gelata. Minore e Maggiore avevano così tanta sete che l'avevano bevuta tutta d'un fiato, lasciandone solo un piccolo sorso che aveva finito Madre.

Non aveva voluto rivelare come se la fosse procurata, neanche quando avevano finalmente scaricato le valigie, neanche durante il viaggio di ritorno, neanche negli anni a venire. Alla domanda, Padre rispondeva sempre, Magia.

27. stradario

Il ragazzo con la felpa era tornato dopo qualche settimana, alla stessa ora. Madre era andata in camera senza sforzarsi di cercare una scusa.

Questa volta Padre gli aveva fatto cenno di seguirlo in salotto. Il silenzio e lo sguardo imbarazzato del ragazzo gli ricordavano quelli di Maggiore quando si era lanciato nell'impresa di dargli un minimo di educazione sessuale.

Il discorso che Padre si era preparato per quella occasione prevedeva passaggi poetici sul valore della prima volta, sul rispetto del proprio corpo e di quello altrui, sull'unione con la persona amata. Aveva pensato di raccontargli come erano andate le cose tra lui e Madre, omettendo i protagonisti e dando alla vicenda valore universale: gli avrebbe spiegato che la prima volta poteva anche non essere granché e non sarebbe stato un problema, che l'intesa andava costruita nel tempo, che il desiderio vive di passione, un fuoco d'artificio che t'incanta e brucia in un attimo, ma cresce soprattutto con la conoscenza e la fiducia reciproca, un fuoco capace di scaldarti finché lo alimenti.

Aveva aperto bocca e le parole erano franate.

Maggiore era stato investito da un ammasso di detriti, inibizioni e malattie sessualmente trasmissibili che si era concluso con la frase, Vedi di non mettere incinta nessuna.

Quando Minore aveva raggiunto la stessa età, Padre non se l'era sentita di ripetere l'esperienza. Gli aveva detto solamente, Mi raccomando.

Padre aveva fatto qualche domanda generica al ragazzo con la felpa – dove abitava, che scuola faceva.

Il ragazzo dava risposte che si esaurivano in poche parole.

Come mai sei passato a trovarci?, aveva chiesto Padre dopo esserci girato intorno a lungo.

Per salutare.

Padre l'aveva guardato in viso – un viso dolce, bambino, alla deriva in quella felpa troppo larga. Avrebbe voluto chiedere dell'altro, ma non gli venivano in mente nuove domande. Del resto, il ragazzo non sembrava intimorito da quei silenzi – come se il fatto di essere lì, in quella che era stata la casa di Maggiore, gli stesse già dicendo molto.

Prima di andarsene aveva preso dal tascone della felpa un fascicolo arrotolato che aveva teso verso Padre.

È di Maggiore, aveva spiegato.

Quando il ragazzo se n'era andato, Padre l'aveva sfogliato velocemente: non era niente di che, solo uno stradario della città – una di quelle vecchie edizioni che venivano consegnate con gli elenchi telefonici.

L'aveva messo sulla prima mensola libera che aveva trovato e ci aveva appoggiato sopra la borraccia.

Nascosti tra gli incroci spiegazzati ci sono piccoli cerchi tracciati a penna rossa.

28. Sogno causato dal volo di un'ape, poster incorniciato

Per i quindici anni di matrimonio Padre aveva deciso di fare una sorpresa a Madre: un weekend in un resort di lusso in Alto Adige – un'idea che in realtà gli aveva suggerito la madre dell'amico di Minore.

Madre era rimasta davvero stupita; era partita felice, ma con un filo d'ansia: era la prima volta che lasciavano i ragazzi da soli. Sulla porta di casa aveva ribadito le tre raccomandazioni. Non fate rumore. Non andate a dormire troppo tardi. Va bene se invitate un amico a testa, non di più.

Lunedì Madre, raccogliendo le pantofole che Maggiore e Minore avevano lasciato in giro per la casa, aveva trovato un quadro sotto al divano. Era la riproduzione di un dipinto di Dalí che Minore teneva appesa in camera. Sul retro della cornice qualcuno aveva scritto con l'indelebile: *A chi gli piace la riga faccia una figa.* Subito sotto, una costellazione di rombi più o meno storti.

Madre aveva pulito il vetro da una patina appiccicosa con un tovagliolo: come una paleontologa aveva visto riemergere, stratificate, le varie ere della festa che doveva esserci stata in loro assenza.

Senza bisogno di ulteriori prove aveva ricostruito il numero di presenti, ampiamente superiore a quello consentito, il consumo smodato di alcolici, il sicuro strappo agli orari imposti. Aveva poi cercato, e trovato, alcuni mozziconi spenti nei vasi della terrazza. Ripercorrendo allora la casa aveva identificato strisciate sui muri, graffi sul parquet, impronte di scarpe sui cuscini del divano, frammenti di vetri rotti, brandelli di carta igienica: segni inequivocabili della discesa dei barbari, sfuggiti alle sommarie pulizie che Maggiore e Minore dovevano aver messo in atto.

Madre aveva posto come condizione tre regole, loro si erano impegnati a disattenderle tutte.

Aveva riappeso il quadro al suo posto; aveva tolto le batterie ai telecomandi; aveva sequestrato i cellulari. Alla rottura di un rapporto di fiducia, all'ammutinamento, all'invasione degli Unni avrebbe risposto facendo terra bruciata.

29. tastiera QWERTY nera

Era trascorsa una settimana dal funerale, Madre non riusciva a dormire. Andando in cucina per bere un po' d'acqua aveva visto una luce azzurrognola venire dalla camera di Minore.

Minore aveva passato ore a giocare a GTA su quel computer: era acceso giorno e notte.

Madre aveva staccato la spina e si era presa le gocce. Da allora era rimasto spento.

L'aveva riavviato più di un anno dopo, la mattina in cui si era decisa a mandare le carte al commercialista per chiudere la partita IVA. Dopo aver spedito la mail non si era sentita meglio, ma in qualche modo alleggerita, svuotata. Era rimasta con lo sguardo fisso sul monitor per diversi minuti. Poi, senza sapere cosa cercare, aveva cliccato su *esplora risorse*. Sceglieva file in ordine sparso, a seconda di quello che le ispiravano i nomi e le date: aveva trovato foto delle gite scolastiche, tesine, regolamenti di giochi di ruolo.

Poi si era accorta che il browser si apriva con una lista di siti usati di frequente. Madre aveva cliccato sopra la prima icona. Le era comparsa la home page di un social network: le aveva chiesto la conferma della password salvata, lei aveva premuto invio. Per un attimo le erano tornate in mente le volte in cui per punizione gli aveva ritirato il cellulare, e la facilità con cui Minore aveva aggirato il suo embargo.

Madre aveva passato il resto della mattinata a scrollare la sua pagina. Era piena di foto che non aveva mai visto, luoghi in cui non pensava fosse stato, con persone che non sapeva che frequentasse. La maggior parte però erano foto di dettagli che, tolti dal loro insieme, diventavano quasi astratti – la pelle morta di una vescica, un gelato sciolto, una mattonella sbeccata, la zampa di un peluche che sbucava dal cassonetto. Non sapeva dire se fossero belle: erano immagini disturbanti, ma in qualche modo anche suggestive.

Madre aveva letto tutti i commenti, scorso i nomi delle persone che avevano messo un like. Stava per chiudere tutto, quando si era accorta di una sezione dedicata alle chat. C'erano diversi messaggi inviati a Minore non ancora visualizzati.

Molti erano uguali, dicevano:

RIP.

E poi:

Fa' buon viaggio fratello.
Insegna agli angeli a giocare a GTA.
Tienimi un posto in ultima fila.
Sarai sempre con noi.

L'ultimo messaggio non letto era una domanda.

Qual è la cosa che ti fa più paura al mondo?

Madre aveva ripercorso a ritroso i messaggi che si erano mandati. Si capiva che si conoscevano, che c'era intimità, o c'era stata: Madre faceva fatica a mettere a fuoco il tipo di rapporto. I messaggi di lei arrivavano a cadenze irregolari, agli orari più strani. Erano foto, frasi di poche parole o di decine di righe. Le risposte di Minore erano spesso taglienti, ironiche. Di solito rilanciava con altre domande – personali, frivole, filosofiche.

Il giorno prima dell'incidente lei gli aveva scritto:

Grazie per ieri.
Potevi non esserci, e c'eri.
Ci sarai?

E che è, un'interrogazione di grammatica?

Fanculo.

Resteremo sempre amici.

Fanculo al quadrato.

A volte vorrei non averti conosciuto per poterti
conoscere da capo.

Se vuoi ripartiamo.
Mare o montagna?

Mare.
Colore preferito?

Verde petrolio.
Meglio un giorno da leone o cento da pecora?

Da pecorina.

1 a 0 per te.
Non ti capita mai di pensare che sei nata nel periodo sbagliato? Tipo come se sei sfasata, in ritardo, e ti saresti trovata meglio a vivere negli anni '70, o nel Rinascimento, per dire.

Tutti i giorni. A me sarebbe piaciuto vivere nell'antica Grecia. Avrei fatto la sacerdotessa e avrei passato le giornate a farmi le canne e a dare risposte assurde a chi chiedeva oracoli al santuario.
Tu?

Boh. Anche il Medioevo sarebbe stato figo. Come secondogenito avrei fatto il cavaliere, o male male avrei imparato a distillare alcolici in un convento.

Qual è la cosa che ti fa più paura al mondo?

Madre si era trattenuta qualche minuto, poi d'impulso aveva scritto:

I pioppi.

30. cartellina di tecnica

I problemi erano iniziati quando Minore era alle medie. Studiare non gli piaceva, non si impegnava. Riuscire ad arrivare a scuola con tutti i compiti fatti era una tortura – per lui, e per Madre che gli stava dietro.

Maggiore sopravviveva nascondendosi dietro un muro di astucci e libri e disegnando sul quaderno, sul banco, sullo zaino dei compagni. Anche se non eccelleva, tornava sempre a casa con dei voti discreti, era abituato ad arrangiarsi. Minore invece pareva lo facesse apposta. Madre gli spiegava il predicato nominale per l'ennesima volta, lui annuiva, poi ripeteva lo stesso errore.

Madre si spazientiva presto e alzava la voce.

Del resto, non c'era altro modo per farsi ascoltare. Se non avesse gridato non si sarebbero lavati le mani prima di sedersi a tavola – anzi, non sarebbero proprio venuti a tavola, imbambolati davanti alla TV –, e prima ancora non avrebbero riordinato la stanza, non sarebbero arrivati a scuola in orario, non si sarebbero lavati i denti, non si sarebbero svegliati – non avrebbero fatto niente.

Un po' alla volta però i ragazzi erano diventati immuni alle sue urla. Per farsi obbedire poteva solo far salire i decibel.

Un pomeriggio Madre era tornata dal lavoro stanca morta. Durante il giorno aveva avuto a che fare solo con imbecilli che le avevano fatto perdere tempo. Era quasi riuscita a concludere un preliminare con una coppia, ma poi era saltato fuori il padre di lei con richieste assurde, e ora l'affare era quanto meno rimandato. Il traffico era peggio del solito, alla radio solo gente che blaterava, non riusciva neanche a trovare una stazione che trasmettesse un po' di musica.

Quando era entrata in casa, Minore doveva ancora cominciare i compiti. Madre aveva mandato a casa la signora delle pulizie che si era fermata ad aspettarla, aveva spento il televisore e aveva trascinato i ragazzi alle rispettive scrivanie. Non aveva neanche gridato. Non aveva parlato proprio, né preparato la cena.

Ho bisogno che mi dai una mano, aveva chiesto a Padre appena era arrivato. Mi fanno uscire pazza se no, non ce la faccio a stargli dietro da sola.

Padre era rimasto a guardarla in silenzio, senza capire cosa gli stesse chiedendo.

Come da sola?, aveva domandato. Lavoro da mattina a sera per voi. E poi non mi sembra di non dare una mano. Sparecchio sempre la tavola, carico la lavastoviglie. L'immondizia, chi la butta?

Ma io dico per la scuola. Che educazione possiamo dargli se non ce ne occupiamo? Oggi sono tornata distrutta e c'era tutto da fare. Le tavole di tecnica, per esempio? Neanche cominciate. E poi geografia, inglese. Se non controllo io, quello va a scuola senza le mutande.

Vabbè, due tavole, che sarà mai.

Non sono le tavole il proble-

Dai, gliele faccio io, così vai a letto serena.

Padre aveva aperto la cartellina bianca di plastica corrugata, aveva fatto la punta alla matita e si era messo a completare le proiezioni ortogonali.

Madre stava per aggiungere altro, ma aveva stretto le parole tra i denti. In un altro momento avrebbe litigato, quel giorno non ne aveva le forze. E in ogni caso, le volte che capitava, Padre poi si chiudeva in un silenzio impenetrabile, con l'unico risultato che nei giorni successivi tornava ancora più tardi dal lavoro.

Il mattino dopo Madre aveva guardato le tavole che Padre aveva lasciato in salotto. Erano perfette, senza ditate o sbavature – inutili, perché era evidente che non poteva averle fatte Minore. Rancore e tenerezza, ecco quello che aveva provato: l'avrebbe abbracciato e preso a schiaffi, gli avrebbe gridato, Sei inutile/Ho bisogno di te.

Come in aritmetica, dove più per meno fa meno, anche qui il risultato era negativo: una rinuncia. Non aveva senso insistere, non aveva senso arrabbiarsi, non aveva senso neanche spiegare. Se Padre si comportava così non era per cattiveria, ma perché aveva dei limiti che non era in grado di vedere. Tentare di migliorarlo, di mostrargli quei difetti, era controproducente, pensava Madre. Non era su di lui ma sui ragazzi che voleva investire le sue energie, sulla loro formazione: voleva che andassero bene a scuola, sognava di vederli felici e realizzati.

Si sarebbe arrangiata, come aveva sempre fatto. Avrebbe continuato a soffocare il lato dolce e apprensivo del suo carattere e a mostrarsi rigida, autoritaria.

Lo faceva per il loro bene – e nelle sfumature di quel bene stava l'inizio dello scisma anche tra Madre e i suoi figli.

31. casco da sci

Come da tradizione, anche quell'anno sarebbero partiti per la settimana bianca: una tregua, una pace artificiale che aspettavano tutti con ansia – uno dei pochi momenti in cui riuscivano ancora a essere famiglia. Minore aveva chiesto se poteva venire con loro anche il suo amico, Padre aveva acconsentito.

Quando erano tornati a casa, i genitori dell'amico erano passati a prenderlo. I due ragazzi avevano continuato a salutarsi – l'amico sporgendosi dal finestrino, Minore sbracciandosi dal portellone del garage – fino a quando la macchina non aveva superato il semaforo. Il casco dell'amico era stato dimenticato nel bagagliaio della Volvo: Minore l'aveva portato dentro e l'aveva messo in bella vista sulla scrivania per ricordarsi di portarglielo. Lì era rimasto.

Dopo l'incidente, i genitori dell'amico di Minore erano stati al funerale. Si erano messi in coda sul sagrato del duomo, in mezzo ai tanti che volevano fare le condoglianze a Madre e Padre. Quando era arrivato il loro turno si erano stretti le mani e avevano detto parole già usate da altri.

Madre invece non ce l'aveva fatta ad andare a trovare l'amico in ospedale. Lo aveva fatto Padre in rappresentanza, una prima volta quando era ancora ricoverato in terapia intensiva, una seconda quando era uscito.

Poi non si erano più visti – almeno fino all'udienza.

corridoio

Il corridoio è corto e stretto, illuminato solo da una applique a parete con paralume di tela che emanava una luce fioca e che nessuno accendeva mai.

A parte il buio, non c'è molto in questi pochi metri di passaggio: un tappeto, una cassapanca con sopra un vaso, una cuccia, un tavolino pieghevole nascosto nell'angolo. Per una perdita, in quel punto il battiscopa si è gonfiato ed è germogliato: del muschio si è fatto spazio tra il legno e il muro.

32. vaso Veronese, Venini

Madre era diventata agente immobiliare, e un paio di acquirenti avevano lasciato una recensione parlando bene di lei – puntuale e sorridente.

Una mattina le aveva scritto un cliente che le chiedeva di vedere uno degli immobili più prestigiosi che gestivano, una villa affrescata del '700 con un enorme parco ai piedi dei colli, nella zona che sarebbe stata lambita dall'incendio. La mail era indirizzata a lei ed era scritta in un inglese ricercato. Il cliente, spiegava, era un imprenditore dello Yorkshire che stava cercando un *luxury cottage* per quando avrebbe smesso di lavorare.

Madre era in ampio anticipo e stava aprendo le finestre della villa. Arrivata a quelle del secondo piano, aveva sentito rumore di passi ed era scesa, ma non aveva visto nessuno. Aveva proseguito dall'ingresso alla sala ricevimenti: la porta a due ante si era chiusa dietro di lei e una mano le aveva afferrato un braccio. Madre aveva gridato, un'altra mano le aveva chiuso la bocca facendo una leggera pressione perché si girasse.

Si erano guardati negli occhi, e senza parlare si erano detti tutto quello che avrebbero dovuto dirsi. Poi Madre era stata spinta contro la maestosa tavolata che occupava il centro della sala. Si era trovata con il viso premuto sul panno ruvido di rivestimento, la bocca nella polvere, la gonna buttata sulla schiena.

Quando Padre se ne era andato, Madre si era pulita con uno dei fazzoletti che teneva in borsa. Solo in quel momento si era accorta che sulla tavola era comparso un prezioso vaso di vetro soffiato. Da sotto spuntava un biglietto che diceva, con quella grafia che conosceva bene: *per sempre mia, per sempre tuo.*

Madre aveva preso il vaso, l'aveva stretto tra le mani come per farlo scoppiare. Lo stava per scagliare a terra, ma si era trattenuta. Probabilmente Padre aveva saputo del suo lavoro in agenzia da quel collega architetto che collaborava con loro per i progetti di ristrutturazione. O da qualche cliente – in fondo la città era piccola e le voci giravano. Sapeva di aver sbagliato a non dirglielo; sapeva che Padre doveva averlo scoperto da settimane; sapeva che quel momento sarebbe arrivato.

Tornando a casa si era fermata dal fioraio e aveva comprato tre strelitzie. Aveva riempito il vaso d'acqua e con orgoglio l'aveva messo sulla cassapanca, in modo che Padre ci dovesse passare davanti per andare in camera da letto.

Non era lei quella che doveva vergognarsi.

33. copertina di lana rosa

Dimmi una cosa che non hai mai detto a nessuno, aveva scritto lei qualche settimana più tardi.

Da piccolo sono stato operato a un testicolo perché si gonfiava.

Lo dici per impressionarmi?

Questo però non è un segreto. Tipo i tuoi, lo sanno.

Madre andava spesso nelle camere dei ragazzi. Apriva i cassetti, sfogliava i libri, rovistava nei comodini. In camera di Minore, tra la libreria e il termosifone, c'era una custodia nera. All'interno, una chitarra acustica amplificabile: aveva corde troppo lunghe che si arricciavano sul manico e degli sticker appiccicati alla cassa. Rimettendola nella custodia Madre aveva notato sul fondo un quaderno con la copertina verde e le pagine a righe.

Dentro c'erano delle poesie, e ogni tanto i versi erano intervallati da sigle.

G, Em, Am, D7.

Scrivo canzoni d'amore, aveva digitato Madre in chat.

Sapeva che era sbagliato quello che stava facendo, che avrebbe dovuto chiarire subito l'equivoco e smettere – quando scriveva però le pareva di sentire la voce di Minore risuonarle in testa: le sembrava ancora vivo. Era lei che scriveva, ma in qualche modo era lui.

Scrivine una per me e non dirmelo.

Qualche giorno più tardi lei gli aveva chiesto quale fosse il ricordo più vecchio che aveva.

Il mio è di me che lecco il fondo della ciotola rossa in cui mia nonna stava facendo la crema.

Madre era andata alla cassapanca, un mobile in castagno che conteneva i cambi di stagioni che difficilmente sarebbero tornate – una coppia di cuscini ingialliti, buoni se fossero arrivati ospiti imprevisti; una pila di maglioni con i rombi che Padre aveva smesso di usare da anni, ma che magari sarebbero tornati di moda; una copertina rosa che aveva fatto a maglia mentre era incinta di Maggiore. Era sbiadita, infeltrita dai lavaggi, eppure identica a come l'aveva riposta. Madre aveva fotografato quel fossile di lana e l'aveva caricato sulla chat.

Era la copertina con cui mi addormentavo. Non so se è proprio il primo in assoluto, ma mi ricordo di quando tornavamo a casa in macchina. Il motore si spegneva, io facevo finta di continuare a dormire. Quella sensazione di essere preso di peso, di galleggiare in aria e poi di lasciarsi andare sul materasso, senza mai aprire gli occhi. Leggerezza e libertà pura.

34. tavolino pieghevole da campeggio

Per Padre, Madre poteva fare quello che voleva. Non era sua intenzione limitarla, tantomeno in qualcosa che la faceva stare bene. Allo stesso tempo però non riusciva ad accettare che si fosse messa a lavorare. Non comprendeva come la sua realizzazione potesse passare per un impiego scelto a caso, il primo che le si era presentato, e che non aveva mai desiderato. Gli sembrava un capriccio, un gesto di sfida. Di più: un affronto, una mancanza di fiducia nei suoi confronti – come se quello che faceva per la famiglia non fosse sufficiente.

Madre e Padre non si erano parlati per giorni: ognuno pretendeva le scuse per primo. E Padre era intenzionato a portare avanti il suo assedio a oltranza: voleva dimostrarle che quel lavoro era solo uno sfizio inutile.

Aveva aspettato che i bambini andassero a letto e le aveva detto che quell'estate non sarebbero andati in vacanza.

Sono pieno di arretrati, i tedeschi mi stanno sotto con le scadenze e non mi lasciano neanche il tempo di respirare. E poi ora che lavori, aveva aggiunto, hai bisogno di una macchina. Pensavo di cambiarla e lasciarti la Golf. Tra queste spese e le fatture che se va bene mi pagheranno a gennaio è meglio se per quest'anno ce ne stiamo tranquilli.

Madre aveva cambiato l'acqua al vaso, era tornata a sedersi in poltrona e senza scomporsi gli aveva detto che in ferie ci sarebbero andati lo stesso. Gli avevamo promesso che quest'anno avremmo fatto qualcosa di nuovo, che li avremmo portati in campeggio: lo pago io.

Padre si era irrigidito, aveva detto che non era una questione di soldi ma di tempo, di impegni.

Fa' come vuoi, gli aveva risposto Madre, Se riesci a venire c'è posto anche per te.

Era partita con Maggiore e Minore.

Quando si sentivano la sera, i bambini gli raccontavano dei castelli, dei bagni, dei granchi; Padre si lamentava del caldo che faceva in città.

Al loro rientro, Padre era andato a prenderli al piazzale delle corriere. Erano abbronzati e sudati: oltre alle valigie con cui erano partiti, si erano portati a casa un tavolino pieghevole che avevano comprato per le colazioni e le cene fuori dal bungalow.

Padre era arrivato con la sua nuova auto, una Volvo V70 blu notte. Era di buon umore, l'aveva mostrata ai bambini che la guardavano esaltati, e aveva accarezzato il viso di Madre spostandole una ciocca di capelli dietro l'orecchio.

Madre cercava di decifrarlo: si comportava come se non fosse successo niente. Come se l'assedio fosse finito e avessero firmato un armistizio di cui era all'oscuro.

Quella sera a letto gli aveva chiesto se non fosse dispiaciuto di essersi perso le vacanze con la famiglia.

Molto, ma non avevo scelta. Vorrà dire che recupereremo l'anno prossimo: mi piacerebbe portarvi in America a vedere i grandi parchi, le aveva risposto baciandole l'incavo tra i due seni.

35. ritagli di giornale

Due o tre anni dopo l'incidente, Madre aveva comprato un paio di pantofole in lana cotta da una bancarella che vendeva prodotti artigianali. Tornata a casa le aveva indossate subito, togliendo la carta appallottolata che avevano usato per mantenerne la forma. Era molto soddisfatta dell'acquisto: calde e comode, le sarebbero durate diversi inverni.

Era andata a buttare via scatola e imballaggi, quando le era caduto l'occhio sulla carta che aveva in mano. Erano vecchi fogli di giornale accartocciati: per quanto spiegazzato, aveva riconosciuto lo sguardo di Maggiore.

L'articolo ripercorreva i fatti di cronaca: gli aggiornamenti sulla vicenda riguardavano principalmente il ragazzo sopravvissuto che, dopo mesi in terapia intensiva, era stato trasferito in un rinomato centro di riabilitazione, nella speranza che recuperasse qualcosa. La parte centrale della pagina era occupata dalle foto di Maggiore, di Minore e del suo amico. Un trafiletto laterale citava episodi di persone che anche a distanza di anni si erano risvegliate dal coma.

In un attimo le era tornato tutto l'odio. Si immaginava i giornalisti, come collezionisti di farfalle, che sceglievano con cura il dolore altrui, il più spettacolare, e lo mettevano in mostra, puntandolo sul foglio con uno spillo.

Nei giorni dopo l'incidente i giornali locali si erano riempiti di articoli di cronaca a riguardo. Ricostruzione della dinamica, foto dei ragazzi e della macchina – la vecchia Golf di Padre –, interviste ad amici e conoscenti.

Padre si sforzava di sfogliare quelle pagine, come se fosse un suo dovere. Madre non le voleva nemmeno vedere. Se

Padre dimenticava qualche giornale sul tavolo del salotto lo prendeva e lo gettava.

Ora capiva che ignorare quegli articoli non era né sarebbe stato sufficiente a proteggerla. Non si scappa, si era detta, non si scappa dal proprio passato e dal proprio dolore.

Con il ritaglio di giornale aveva imballato un set di bicchieri da rhum che probabilmente non veniva usato dai tempi della festa abusiva e lo aveva messo sul fondo della cassapanca; dentro uno dei bicchieri aveva avvolto un coltellino svizzero.

36. tappeto artigianale berbero, 60x245 cm

Il tappeto del corridoio è fatto a mano da artigiani marocchini, decorato con motivi geometrici e colori sgargianti, che per lo più si perdono nella penombra. L'avevano comprato Madre e Padre in un bazar, durante il loro viaggio in Marocco.

La meta era stata scelta per esclusione. La Puglia, la riviera Adriatica, per estensione ogni località di mare era stata esclusa per i chiari rimandi alle vacanze trascorse insieme quando i ragazzi erano bambini. Lo stesso valeva per le Dolomiti, per i piccoli borghi del centro Italia, per le grandi capitali europee.

Padre aveva riposto grandi speranze in quel viaggio. Era una di quelle persone che credeva – realmente ci credeva – che i problemi si risolvessero con la forza. Che per superare le difficoltà bastasse essere forti, non farsi abbattere, tenere duro.

La gente fa spesso dei viaggi quando deve segnare un capoverso nella propria vita. Il viaggio di nozze. Il viaggio di maturità. A distanza di tre anni dall'incidente a Padre un altro viaggio sembrava il modo per guardare avanti. Per ritrovarsi, anche. Era il genere di cose che si aspettava gli avrebbero consigliato, se fosse andato in terapia.

Per un certo verso, era stato così. Avevano bevuto tè alla menta in una tenda nel deserto. Avevano cavalcato un cammello e guardato le stelle. Per la prima volta dopo anni avevano fatto l'amore. Entusiasta, l'ultimo giorno Padre aveva insistito per comprare un tappeto che a Madre piaceva. Non sarebbe stato un souvenir, ma la prima pietra di una nuova vita. Aveva contrattato sul prezzo per più di un'ora, e tutto quello che era riuscito a risparmiare l'aveva dovuto spendere per farlo spedire in Italia.

Il tappeto aveva preso posto nell'angolo più buio della casa.

Tutto il resto era tornato come prima, come la volta precedente.

37. coltellino svizzero

Padre aspettava il momento in cui le cose sarebbero cambiate. Il momento in cui sarebbe stato meglio. Non stava male, non era mai stato male, ci teneva a puntualizzare. Almeno rispetto a Madre, che si era chiusa in casa smettendo di vedere gli amici e di lavorare.

A lui il lavoro l'aveva salvato, si diceva. E il suo compito era salvare Madre: non poteva permettersi di stare male.

Però non stava neanche bene: a sei anni abbondanti dall'incidente, quella fatica a deglutire, quella sensazione di avere la cravatta stretta anche dopo che se l'era tolta era identica al primo giorno.

Fissando lo screensaver aveva avuto le vertigini. Gli sembrava che le stelle uscissero dal monitor e gli andassero addosso. Il viso gli bruciava. Provava a scansarle con le mani, ma continuava a sentirsi bersagliato da centinaia di piccoli tizzoni ardenti.

Aveva chiuso tutto ed era salito in macchina.

Guidava senza sapere dove andare. Si concentrava sul traffico. Rallentare, mettere la freccia, svoltare a sinistra. Erano cose semplici a cui pensare, cose alla sua portata.

Semaforo rosso.

Oltre il finestrino un hotel a quattro stelle con un ulivo secolare nel piccolo giardino antistante. Dall'altro lato un'edicola e dietro un condominio. Su una terrazza un'amaca che oscillava con il vento.

Semaforo verde.

Guidare lo tranquillizzava.

Il giorno dopo, e quello dopo ancora, era uscito al solito orario; invece di fermarsi in ufficio, aveva continuato a guidare:

un centro commerciale, un outlet di divani, insegne luminose di un negozio di giocattoli. Una macchina lo aveva sorpassato nonostante la linea continua;

un campo arato, un rudere con le finestre murate. Il tetto era sfondato – al suo posto spuntavano i rami di un pruno in fiore;

un camper parcheggiato in uno slargo. Una donna sulla cinquantina vestita di rosso che fumava e fissava le auto passare;

filari di vigne che scorrevano e si sovrapponevano caleidoscopici;

un viadotto sospeso. In lontananza le cime delle montagne che brillavano di bianco.

Ogni giorno Padre si metteva in macchina e guidava senza meta, e senza meta arrivava sempre lì, in quella provinciale fiancheggiata dai pioppi.

Parcheggiava in una stradina laterale. Prima di scendere prendeva dal cruscotto il coltellino svizzero.

Aspettava che tutte le macchine fossero sparite oltre la curva, apriva il temperino e lo premeva contro il tronco spingendo con tutto il peso. Lentamente la lama affondava nel legno. A fatica la estraeva e la piantava di nuovo. Sempre lo stesso albero.

Accoltellava il pioppo finché non aveva più forza nelle braccia e il fiato cominciava a rallentare. Solo allora, chiuso il coltellino, si rimetteva in macchina.

Tornava ogni giorno, sperando di vedere il dolore ma di non sentirlo. Come quando si toccava la cicatrice che aveva sull'avambraccio; come quando gli avevano rimosso il neo sfrangiato.

L'esame istologico l'aveva chiamato *melanoma in situ che non raggiunge i margini di exeresi.*

Quando era andato a farselo togliere, non era riuscito a smettere di guardare. Dopo l'anestesia vedeva il bisturi che incideva la cute, vedeva il sangue, vedeva l'ago che trapassava la pelle: vedeva il dolore ma non lo sentiva.

La ferita era guarita con una cicatrice lineare, e in quel punto aveva perso per sempre la sensibilità, come se l'anestesia si fosse fatta eterna.

Forse è così che si supera il dolore, rimuovendolo insieme a quello che gli sta intorno, insieme a ogni altra sensazione.

38. cuccia con plaid, fantasia scozzese

Quando Maggiore era nato, Madre e Padre si aspettavano una femmina. Così gli era stato detto alle visite, o forse era soltanto una loro speranza.

Il primo problema che Maggiore aveva sollevato era stato dunque il nome, dal momento che quello che avevano pensato non si adattava al maschile. Per praticità avevano scelto quello del nonno paterno.

Poi era nato Minore, ed erano passati altri anni ancora: preso atto che figlie non ne sarebbero arrivate, Padre era andato al canile, aveva scelto una femmina che gli ricordava quella dei suoi vicini di casa, quando era bambino, e l'aveva chiamata con quel nome mai utilizzato. Aveva vissuto con loro per quattro anni: le avevano voluto tutti così bene che, anche dopo la sua morte, nessuno aveva mai pensato di spostare la cuccia dall'angolo del corridoio.

39. natura morta con triglie, autore sconosciuto

Madre si era svegliata nella casa al mare, ma il rancore era ancora lì.

Rancore per i muri, le finestre, le porte – anche di quella casa. Perché ogni oggetto, in qualche modo, le ricordava Maggiore, o Minore, o entrambi. Ogni cosa era riconducibile, direttamente o indirettamente, a loro. Il pallone da calcio e il frisbee, perché erano loro. Le settimane enigmistiche completate a metà, perché erano loro che la interrompevano sempre. Il frigorifero, perché continuava a vederli aprire lo sportello per prendere una fetta d'anguria. Il tappeto, perché era ancora sporco della sabbia che portavano dentro dopo aver finto di pulirsi i piedi.

Madre era uscita. Il cielo, il mare e la riva avevano la stessa tonalità indefinita. Il supermercato dove facevano la spesa era chiuso, così come i bar degli stabilimenti. Gli hotel avevano le tapparelle abbassate, le gelaterie le insegne spente. Le piscine dei residence erano coperte. Le fontane asciutte. I risciò con catena e lucchetto. Madre aveva staccato luce e gas, e aveva preso l'unico bus che passava in tutta la giornata.

Si era fermata in una località marittima più a sud. Lì il fruttivendolo e il panettiere erano aperti. Aveva trovato un tre stelle e aveva preso una camera.

Di giorno camminava lungo la spiaggia. Era rassicurante non incrociare nessuno, soprattutto non incontrare luoghi in cui era già stata. In tarda serata guardava i film che passavano nella hall; quando sentiva gli occhi pesanti andava a dormire.

Padre le scriveva ogni giorno e provava a chiamarla quasi tutte le sere. Lei ogni tanto gli rispondeva. Ora che erano distanti il rancore si era diluito. Non si era ridotto, era solo meno concentrato.

Dopo qualche settimana, però, quel posto alieno aveva smesso di proteggerla. Il listino prezzi in metallo all'ingresso del bar conteneva i loro gelati preferiti. I racchettoni in vendita in edicola erano identici ai loro. Il mare, le onde, contenevano i loro tuffi come negativi fotografici, dove ogni vuoto era un pieno, ogni pieno era un vuoto.

Il giorno in cui aveva detto a Padre che sarebbe tornata, era entrata in un negozio di souvenir. Salvagenti, cornici con i nodi, reti da pesca, fari, velieri: tutto era piccolo, bianco e azzurro. Madre era stata attratta dall'unico oggetto fuori posto, una natura morta dipinta a olio. Il quadro era cupo, il nero dello sfondo si confondeva con il tavolo su cui erano appoggiate due triglie. I pesci avevano gli occhi puntati verso angoli imprecisati.

Nel vederlo, Madre non aveva provato niente. Non ricordi, non rancore, non paura, non dolore.

Era una bellissima sensazione.

camera di Maggiore

Il pavimento è sconnesso: lo si nota soprattutto dall'inclinazione della libreria e della cassettiera – ancora immobili, ma cariche di rumore potenziale.

Sembra che delle onde percorrano il parquet a spina di pesce, sollevandolo in più punti. Tra il letto e le due scrivanie i listelli sono completamente divelti: lasciano scoperte delle radici spesse e lucide che si infilano sotto agli altri tasselli, increspandoli a raggiera.

40. letto singolo con doghe

Quando il nonno paterno era stato ricoverato in una casa di riposo, Padre aveva disdetto l'affitto e incaricato una ditta per lo sgombero dell'appartamento. Aveva gestito tutto al telefono, raccomandando alla residenza di avere un occhio di riguardo per quell'uomo silenzioso, e all'impresa di conservare e spedire il suo letto di ragazzo – unico arredo che avrebbe tenuto. Era ampio, in legno massiccio, e a parte le doghe che scricchiolavano un po' era ancora in ottime condizioni: sarebbe stato perfetto per Maggiore.

Era cresciuto anche Minore, ne era stato comprato uno nuovo da un mobilificio della zona con un buon rapporto qualità-prezzo. Il preferito di entrambi però era rimasto il primo: forse per i cunicoli dei tarli che nonostante i trattamenti avevano trasformato la testiera in mappe del tesoro. O per le dimensioni, che permettevano al letto di diventare imbarcazione, aereo, trattore, navicella spaziale. Nel corso di un arrembaggio a un vascello pirata, Maggiore e Minore si erano messi a saltare sulla coperta. Si era sentito un rumore secco di legno spezzato, poi la nave era affondata.

Le doghe con cui era stato riparato il letto non scricchiolavano. A guardarlo da fuori era identico a prima. Ma dopo quel naufragio, aveva smesso di essere qualsiasi altra cosa, era rimasto solo il letto di Maggiore – fino all'incidente.

Era rimasto vuoto per sette anni; poi era tornato a essere il letto di Padre.

Madre aveva sentito la sveglia suonare nella stanza di Maggiore. Aveva aspettato che Padre si alzasse e andasse in bagno. Aveva atteso il rumore del rasoio, si era infilata un maglione pesante, aveva raggiunto l'ingresso.

Dal bagno proveniva un ronzio continuo. Si era messa il cappotto, le scarpe ed era uscita facendo attenzione a non sbattere la porta.

Aveva chiuso il garage dall'interno ed era entrata in macchina per rannicchiarsi sui tappetini poggiapiedi posteriori: si era nascosta con la coperta che usavano per il cane e che continuavano a tenere piegata sotto al sedile.

Aveva aspettato al buio fino a quando aveva sentito il rumore della portiera che si apriva e poi sbatteva, Padre che tossicchiava, il motore che si accendeva.

Madre era rimasta in silenzio, cercando di intuire dalle curve dove stessero andando, ma si era persa presto. Il viaggio era lungo, troppo lungo: da quella postazione le sembrava infinito – non sapeva più dire cosa fosse reale, cosa una sua percezione distorta.

Così si era ritrovata a pensare alla telefonata che aveva ricevuto. Era il socio di Padre.

È in ufficio, dovresti saperlo, gli aveva risposto ridendo.

Sono giorni che non viene.

Madre aveva preso la cornetta con l'altra mano.

Il socio le aveva detto di essere preoccupato.

È cominciato tutto qualche mese fa. Per un po' di giorni non è venuto al lavoro, ma pensavo avesse solo bisogno di riposarsi. Non si è mai fermato, anche lui è un essere umano, mi sono detto. Però da quando è tornato, non so, non è più lo stesso. Ogni tanto sparisce, non si presenta per giorni di fila. I clienti lo cercano, ho provato a chiamarlo anch'io. Niente, non risponde. Dopo una settimana magari torna, così, come se non è successo niente. Ho provato a parlargli, a chiedere se c'è qualcosa che non va. Magari il processo, pensavo. Mi risponde evasivo, tutto a posto dice. Ma si vede che con la testa non c'è, che è da un'altra parte. Ascolta, io non mi voglio intromettere, ma sono dieci giorni ormai che non viene in ufficio. Una mattina ho visto che parcheggiava qua sotto, è uscito, poi dopo due passi è tornato in macchina ed è ripartito. Scusami se ti ho chiamata, è che ho paura che gli succede qualcosa.

Per cena Madre aveva preparato le polpette al sugo. Gli aveva raccontato che al mattino aveva comprato dei ciclamini per la terrazza, e gli aveva chiesto cosa avesse fatto al lavoro.

Le solite cose, aveva detto Padre. Abbiamo tutte le carte da presentare per un bando per il palazzetto dello sport, niente di che.

Madre non aveva insistito; dopo aver sparecchiato, era andata a letto.

La macchina si era fermata; di nuovo la portiera si era aperta e richiusa sbattendo. Madre aveva aspettato, poi era scivolata fuori.

Erano anni che non tornava lì. L'asfalto, il cielo dello stesso colore, i pioppi che si stagliavano quasi bianchi. Padre le dava le spalle: sembrava abbracciasse un tronco, poi ritirava il braccio e lo colpiva.

Madre aveva fatto un giro ampio, in modo da capitargli davanti. Quando Padre aveva alzato gli occhi, non sembrava così stupito di vederla. Forse si stava abituando alle allucinazioni. O forse stava solo aspettando di essere scoperto.

Madre gli aveva teso la mano, lui aveva chiuso il coltellino e glielaveva consegnato. Insieme erano tornati alla macchina. Padre non aveva tentato di giustificarsi, non aveva detto niente.

Salendo in auto Madre lo aveva visto sollevare lo sguardo dai tronchi e fissare le chiome: tra i rami, in controluce, si vedevano dei nidi.

41. orologio Swatch Chrono

Maggiore non si toglieva mai l'orologio – neanche per fare la doccia, neanche per dormire. L'aveva addosso anche la notte dell'incidente, l'unica cosa materiale che resta di quella sera.

La macchina era stata trovata con il muso accartocciato contro un pioppo. I verbali delle forze dell'ordine riportavano che Minore era stato estratto dai sedili anteriori; il suo amico da quelli posteriori. Il parabrezza era sfondato, qualche metro oltre il ciglio della strada era stato trovato il corpo senza vita di Maggiore. Minore era stato rianimato dai soccorsi, ma era morto poco dopo l'arrivo in ospedale. Il suo amico era stato operato d'urgenza in neurochirurgia, poi ricoverato in terapia intensiva.

Nell'impatto, l'orologio di Maggiore si era rotto e le lancette si erano fermate. Era stato acquisito come elemento probatorio, utile alla ricostruzione della dinamica e delle tempistiche.

Per Madre era l'incarnazione di una metafora, quella del tempo che aveva smesso di scorrere. Aveva dato incarico al loro avvocato di chiedere il dissequestro, quando non fosse stato più necessario per il processo.

Prendeva di rado in mano quell'orologio, con cautela: sapeva che era un detonatore. Se annusava il cinturino in acciaio, le pareva di sentire ancora l'odore della pelle di Maggiore. Probabilmente si suggestionava, erano passati troppi anni, ma non poteva farci niente, lei lo sentiva.

Quanto sarebbe bello, pensava Madre a volte, quanto sarebbe bello se bastasse riparare l'orologio per permettere al tempo di riprendere a scorrere. O girare le lancette all'indietro, tornare al pomeriggio, quando i ragazzi erano ancora a casa. O al giorno dell'ultimo litigio con Minore e dirgli, Non fa niente se non vieni a pranzo. Oppure ancora: girarle e girarle, e tornare a quando i ragazzi erano piccoli, quando avevano uno e due anni, e lei e Padre erano così spensierati. O forse non lo erano, ma non importa: quanto sarebbe stato bello avere di nuovo sedici anni da vivere insieme?

Se avesse potuto, avrebbe passato il tempo che le rimaneva continuando a rivivere sempre gli stessi anni, in loop, come un film che provi piacere a riguardare proprio perché lo conosci a memoria.

42. Elementi di biologia vegetale, AA.VV.

Dopo aver consegnato il coltellino, Padre aveva promesso che si sarebbe preso dei giorni per riposarsi. Madre capiva che non stava bene; allo stesso tempo faticava a comprenderlo. Era come se non volesse essere avvicinato – come se non volesse mostrare quanto erano profonde le sue ferite.

Madre cercava di stargli vicino rispettando i suoi spazi, il suo bisogno di solitudine. Lui passava gran parte delle giornate nella camera da letto di Maggiore, a dormire o a fingere di leggere.

Lei lo aspettava nelle altre stanze della casa. Cucinava i suoi piatti preferiti. Stirava le camicie per quando sarebbe tornato al lavoro. Si metteva a studiare sul tavolo del salotto.

Facendo spazio a Padre nella libreria di Maggiore aveva ritrovato accatastati i suoi libri dell'università. Quando aveva chiuso il suo percorso universitario aveva pensato di darli via, o di buttarli, ma alla fine aveva prevalso la nostalgia.

Era stato suo padre a insistere perché si iscrivesse ad agraria: c'era l'azienda di famiglia da gestire quando sarebbe andato in pensione. Madre avrebbe preferito altre facoltà, ma quello era stato il compromesso per poter proseguire gli studi. Con suo stupore aveva trovato materie che le piacevano: si era appassionata in particolare alle lezioni di biologia e patologia vegetale.

Tra le pagine aveva trovato anche gli appunti del corso di botanica che aveva seguito alla facoltà di scienze naturali.

Ora che non c'era più nessun esame da superare, Madre leggeva quei libri per il solo gusto di ritrovare cose che pensava di aver dimenticato, ma che erano sempre state lì, sedimentate dentro di lei. Studiava e ritrovava anche un tipo di piacere che aveva dimenticato: quello di scoprire cose capaci di ampliare il suo immaginario, e la bellezza di approfondire alcuni argomenti, trovandoli sempre più vasti e articolati man mano che ci si addentrava.

Una mattina, dopo aver preparato la colazione a Padre, era andata nella zona universitaria della città e aveva comprato un manuale di botanica aggiornato.

Aveva capito che Padre stava meglio quando l'aveva sentito farsi la barba. Mentre bevevano il caffè gli aveva raccontato dei libri di selvicoltura e botanica forestale che aveva ordinato, Non vedo l'ora di cominciare a studiarli!

Padre aveva sorriso, l'aveva baciata sui capelli ed era andato a lavorare come se non fosse mai successo niente.

43. raccoglitore ad anelli

Nello scaffale più basso della libreria c'è un raccoglitore blu pieno di disegni. Madre li aveva già guardati una volta in cui i ragazzi erano in giro – erano tanti e li aveva scorsi velocemente. Mentre li sfogliava si era chiesta se Maggiore avrebbe davvero potuto guadagnarsi da vivere disegnando, come diceva di voler fare – si era risposta che avrebbe potuto fare l'architetto come il padre, il grafico o qualcosa del genere, e sollevata aveva rimesso a posto il raccoglitore.

Erano passati un paio d'anni dall'incidente prima che Madre riprendesse in mano i disegni. Questa volta li aveva guardati con più calma, soffermandosi a studiare i soggetti ritratti, cercando di riconoscervi persone a lei note.

Ma più li guardava e meno li capiva. Erano tutti adolescenti con i lineamenti dolci e un po' malinconici. I corpi snelli, che non lasciavano intravedere nessuna curva. Madre si era chiesta se quelli ritratti fossero ragazze o ragazzi, e si era resa conto che potevano benissimo essere entrambi.

Da allora era tornata spesso su quei disegni a china. Quei corpi angelici e asessuati, cosa rappresentavano? Un canone di bellezza? Un ideale a cui tendere? Assolutamente niente?

Magari era il suo stile, il suo modo di disegnare o di interpretare i manga. Oppure no, quei corpi ibridi erano la raffigurazione di quello che Maggiore cercava anche nel mondo reale. Magari non li aveva solo disegnati, ma anche toccati, baciati, abbracciati. Corpi di cui si era innamorato, che aveva desiderato e forse non aveva trovato. Magari quei corpi erano il suo, come si vedeva, come avrebbe voluto essere.

Madre provava a sovrapporli ai suoi ricordi di Maggiore. Quel carattere a tratti ombroso e poi improvvisamente espansivo, la timidezza, le risate che finivano in singhiozzi, i modi dolci, i silenzi. Forse avrebbe dovuto capire, forse avrebbe dovuto accorgersi, forse avrebbe dovuto chiedere.

Forse, forse, forse: la mandava in cortocircuito non poter avere più risposte.

44. boccali da birra, collezione

La raccolta conta sedici bicchieri da birra di varia forma, marca e misura. Ci sono boccali in vetro, in coccio bianco, coppe, bicchieri a stivale e anche il raro calice con il supporto in legno della Kwak. La collezione svetta sulla cassettiera, insieme a una sciarpa dell'Inter e a una bandiera dei pirati. I ragazzi ne andavano molto fieri, considerando che avevano raccolto ogni pezzo personalmente.

Il più pregiato purtroppo era andato distrutto. Si trattava di un boccale da cinque litri che faceva parte dell'arredamento di un pub. Minore l'aveva puntato da tempo, aveva speso serate intere a pensare a come appropriarsene. Finalmente un sabato, mentre Maggiore e gli altri tenevano d'occhio i camerieri, Minore era riuscito ad arrampicarsi sullo schienale del divanetto, a raggiungere il trofeo impolverato e a nasconderlo nello zaino.

Quando erano usciti dal locale avevano recuperato in fretta le bici ed erano scappati schiamazzando. Nella foga Minore aveva urtato con la ruota anteriore il bordo del marciapiede: aveva inchiodato, Maggiore gli era andato addosso, erano caduti. Non si erano fatti male, solo qualche graffio alla mano e al ginocchio, una botta alla spalla. Nella caduta però il bicchiere era andato in pezzi.

Madre li aspettava sveglia. Li aveva visti entrare con i jeans strappati, quel fare abbattuto, e aveva pensato che fossero reduci da una rissa, o qualcosa del genere.

Le avevano spiegato che erano solo caduti dalla bicicletta. Madre si era agitata ancora di più, voleva portarli in pronto soccorso. Aveva preteso di controllare tutte le ferite, le aveva disinfettate e coperte con un patchwork di cerotti. Poi aveva messo sul fuoco l'acqua per una tisana; mentre aspettava che bollisse li aveva abbracciati. Ora fate piano che papà dorme, aveva detto accompagnandoli in camera.

45. sedia ergonomica con rotelle

Anche se Padre faceva finta che non fosse successo niente, le cose non erano più state come prima. Per quanto si sforzasse, faticava a tornare ai ritmi di lavoro precedenti. Si chiudeva in ufficio, si obbligava a restare fino a tardi, ma non riusciva a mantenere la concentrazione. Ogni tanto gli capitava ancora di raccogliere in fretta le sue cose, salutare il suo socio senza fermarsi a dare spiegazioni e mettersi in macchina. Guidava fino a quando si sentiva più leggero, solo a quel punto faceva inversione a U.

Un pomeriggio il socio di Padre si era seduto di fronte alla sua scrivania, le dita intrecciate e lo sguardo puntato a metà tra gli zigomi e le spalle.

Ormai sei diventato una zavorra, sei incostante e inaffidabile, i clienti se ne stanno accorgendo: questo quello che aveva capito Padre.

Ci ho pensato a lungo, ho deciso di lasciare lo studio, gli aveva detto. Ho trovato uno spazio interessante in centro, ti lascerei questo. Potrebbe essere un'occasione anche per te per incontrare nuovi collaboratori e nuove idee.

Padre aveva risposto con qualche frase di circostanza, poi aveva rimosso il problema. Non aveva voluto pensare a quanto gli sarebbe costato coprire da solo le spese di affitto dell'intero studio, né a come fare per cercare nuovi collaboratori.

Era stata Madre a raccontargli stupita che il suo socio aveva aperto uno studio enorme in pieno centro, insieme all'architetto che gestiva i progetti di ristrutturazione dell'agenzia e ad altri colleghi, Ne sapevi qualcosa?

Padre era seduto alla scrivania di Maggiore: pensava ai tempi in cui aveva riempito quella stanza – quando ancora era lo studio – di futuri possibili, a quanto adesso quei futuri si fossero rattrappiti.

Le aveva raccontato di essere rimasto solo, delle scadenze che lo attendevano e delle commissioni che non stavano più arrivando, dei clienti che il socio si sarebbe portato nel nuovo studio, o che comunque si sarebbero rivolti alla concorrenza, delle bollette, dell'affitto dei locali, e più parlava più montava a neve l'ansia che fino a quel momento aveva tenuto a bada ignorando l'evidenza.

Potrei aiutarti io, gli aveva detto Madre. Potrei organizzarti gli appuntamenti, rispondere alle mail, cercare nuovi clienti.

Padre aveva alzato le spalle: aveva uno sguardo sconsolato.

Oppure potrei mettermi in camicetta e minigonna per te, gli aveva sussurrato all'orecchio. Aveva fatto cadere dei fogli dalla scrivania e si era piegata per prenderli, lasciando che la gonna le risalisse lungo le cosce.

Padre aveva fatto strisciare le ruote della sedia sul parquet: si era alzato ed era uscito dalla stanza.

46. vipera che si morde la coda, disegno a china

Madre non sapeva come dirlo altrimenti.

Tu credi che ci sia qualcosa dopo la morte?

La risposta era arrivata un paio di giorni dopo.

Come rompi tu il ghiaccio, nessun altro.

È importante.

Io credo che tutto ricominci, che ogni fine è un inizio, come un cerchio.

Guarda, mi sono fatta questo.

Aveva caricato una foto della nuca con i capelli raccolti: c'era un tatuaggio sul collo, la pelle ancora arrossata.

Ti piace?

Molto.

L'ho fatto ispirandomi al tuo.

Madre aveva preso il raccoglitore blu e l'aveva sfogliato finché non l'aveva trovato: il disegno a china di un serpente che si morde la coda.

Con un dito aveva accarezzato quel cerchio perfetto. Aveva chiuso gli occhi, cercando di decifrare con il polpastrello ogni minimo segno. Incisioni e rilievi parlavano il codice Braille di una lingua a lei ancora sconosciuta. Seguiva il perimetro e poi ricominciava: aveva continuato a percorrere quell'inchiostro, finché il foglio non si era fatto pelle.

sgabuzzino

Una piccola stanza cieca occupata su tre lati da ripiani a diverse altezze. Uno strato di muschio e funghi ricopre le mensole, il cui laminato si è gonfiato fino a scoppiare per l'umidità.

47. scatola da scarpe, taglia 43

Di solito conteneva delle pedule in buone condizioni a fronte di decenni di scarso utilizzo; ora la scatola è vuota.

Padre le aveva comprate durante una settimana bianca. Avevano prenotato due doppie a mezza pensione, e dall'ingresso in autostrada aveva cominciato a nevicare. L'umore era alle stelle perché nevicate così abbondanti non capitavano spesso, anche se si era leggermente incrinato quando avevano dovuto fermarsi per mettere le catene, cosa che aveva allungato il viaggio di un'ora buona.

C'era così tanta neve che diverse piste erano chiuse per rischio slavine. Maggiore e Minore avevano insistito per andare a sciare lo stesso, ma Madre era stata irremovibile: era troppo pericoloso.

Padre non si era perso d'animo: aveva comprato dei nuovi scarponi per sé e per i ragazzi, aveva noleggiato delle ciaspole, studiato un percorso alla loro portata. Il giorno dopo si erano messi in macchina ed erano partiti; Madre aveva preferito starsene da sola nella sauna dell'hotel.

Maggiore e Minore erano contrariati: avrebbero voluto opporsi alla gita, ma non avevano valide alternative.

Il sentiero che avevano preso, una mulattiera sepolta dalla neve, si addentrava nel bosco.

Camminavano piano, affondando nonostante le ciaspole fino a metà polpaccio. Dopo pochi passi la macchina era scomparsa e si erano ritrovati soli in mezzo alla foresta. Non c'erano nemmeno orme recenti. Si fermavano spesso, poi riprendevano, senza dirsi niente. Gli unici rumori i loro passi, i loro respiri accelerati, un cumulo di neve che per il troppo peso scivolava da un ramo.

Procedevano continuando a girare la testa, come per poter abbracciare con lo sguardo quanto più paesaggio possibile. Minore ogni tanto rallentava, alzava il viso al cielo e aspettava con la bocca aperta finché un fiocco non gli cadeva sulla lingua.

Il sentiero prendeva gradualmente quota, portandoli oltre il limitare del bosco. Lì tutto era bianco, a perdita d'occhio. Quando avevano raggiunto il maso fissato come punto d'arrivo, Padre aveva tirato fuori una stecca di cioccolato e l'aveva divisa in tre parti. Nemmeno in quel momento avevano sentito il bisogno di dire qualcosa.

Padre aveva pensato a Madre, a quanto per amore si sforzava, urlava, rimproverava. Gli sembrava faticoso e controproducente, dal momento che in ogni caso i ragazzi le parlavano poco, le obbedivano poco, stavano poco a casa. Non era forse meglio la pace di quel silenzio?

Erano rimasti a guardare le nuvole addensarsi più a valle, poi si erano rimessi in cammino. Mentre guardava Maggiore e Minore avanzare davanti a lui, Padre aveva pensato, con orgoglio, che dopotutto erano una bella famiglia.

48. toner esaurito

La madre dell'amico di Minore aveva scritto a Padre per chiedergli un appuntamento: aveva bisogno di un aiuto per ristrutturare quella che era stata la casa dei suoi genitori.

Padre era andato con lei un paio di volte, prima per vedere l'appartamento, poi per prendere tutte le misure. Aveva preparato un progetto che sperava le sarebbe piaciuto: era riuscito a ricavare due abitazioni distinte, un bilocale e un trilocale con ingressi separati.

Per rendere meno formale l'incontro, invece di mostrarle i progetti in studio, le aveva proposto di passare a casa. Si erano messi sul tavolo del salotto, dove Padre aveva aperto il portatile. Si era dimenticato le planimetrie in ufficio: le aveva ristampate nella stanza di Minore, ma il toner era finito e le copie erano venute sbiadite. Padre era andato nello sgabuzzino a prendere una nuova cartuccia e, nella fretta, aveva posato lì quella esaurita.

Quando era tornato da lei con i prospetti, aveva cominciato a illustrarle le idee che aveva avuto e i primi rendering. Lei lo ascoltava incantata, spostando continuamente lo sguardo tra le immagini bidimensionali delle piante e quelle in 3D che le mostravano un soggiorno che ancora non c'era ma su cui splendeva già il sole. Ogni volta che si sporgeva in avanti per consultare le planimetrie, Padre non riusciva a evitare di guardarle la scollatura.

Non vorrei sembrare fuori luogo, aveva detto Padre imbarazzato, ma hai la camicetta sbottonata.

Lei si era guardata il petto e, con un rapido gesto, aveva slacciato un altro bottone, mostrando un reggiseno di pizzo bianco.

Pensavo fosse questo il tuo compenso, no?

Poi era scoppiata a ridere, richiudendosi in fretta tutti i bottoni.

49. plafoniera in vetro smerigliato

Lo sgabuzzino era illuminato da una plafoniera classica a due lampadine. Generalmente era in penombra, perché il lampadario veniva smontato solo quando si bruciavano entrambe.

Era fine novembre, fuori era buio. Padre aveva pulito la plafoniera dalla polvere e dai moscerini, l'aveva appoggiata su una mensola ed era salito sulla scala. In una mano teneva le due lampadine bruciate, nell'altra quelle nuove. Aveva avvitato la prima, che si era accesa scottandogli le dita. Aveva mollato la presa, le lampadine che aveva in mano gli erano cadute, si era sbilanciato ed era finito a terra, carambolando contro uno dei ripiani. Per fortuna non aveva battuto la testa.

Non aveva chiesto aiuto a Madre e ai ragazzi. Gli faceva male la schiena, ma era riuscito a rimontare la plafoniera: quello era l'importante. Aveva avuto male alla schiena per giorni; per giorni non aveva detto nulla. A lavoro si muoveva il meno possibile, perché anche solo camminare gli peggiorava il dolore. Ma a casa cercava di comportarsi normalmente, per non dare nell'occhio. Passate però un paio di settimane aveva dovuto ammetterlo: era caduto dalla scala, da allora aveva male alla schiena.

Quanto?

Abbastanza.

Madre sapeva che minimizzava e, nonostante le proteste di Padre, l'aveva portato dal medico di base.

Ai ragazzi non avevano dato spiegazioni, per non farli preoccupare, cosa che li aveva fatti allarmare ancora di più. Erano stati giorni strani: nessuno parlava, nessuno chiedeva. E non perché ci fosse qualcosa da nascondere, ma per paura: di una domanda sbagliata, una scoperta spiacevole, una risposta maldestra. Padre emanava un malessere che, non trovando parole, rimaneva sotterraneo – carsico.

Il responso era arrivato con una risonanza e una visita ortopedica: *frattura vertebrale traumatica stabile, indicata vertebroplastica, nel frattempo riposo a letto e adeguata terapia analgesica.*

Ora che aveva in programma un intervento in regime di day surgery, Padre poteva ammettere di avere male; i ragazzi potevano sapere cosa gli era successo; Madre si poteva sfogare dandogli dell'incosciente. Le parole tornavano in superficie.

50. cartellina in pelle

Gli avvocati avevano consigliato a Madre e Padre di raccogliere quanto più materiale possibile, quante più testimonianze di amici e conoscenti dei ragazzi.

Partivano da una posizione svantaggiata, dal momento che Padre era l'intestatario della Golf coinvolta nell'incidente.

La linea che proponevano si articolava su due fronti. Da una parte, per ottenere il massimo risarcimento, avrebbero dovuto dimostrare – quantificare, se possibile – che Maggiore e Minore avevano un futuro pieno di potenzialità. Dall'altra, dovevano cercare di provare, attraverso delle perizie, che alla guida ci fosse l'amico di Minore.

Ma è stato estratto dai sedili posteriori, aveva obiettato Padre.

Non importa, potrebbero esserci delle inesattezze nei verbali. Se alla guida ci fosse stato lui, per voi cambierebbe tutto.

Mi sta dicendo che dobbiamo rovinare ulteriormente la vita di un'altra famiglia devastata?

I loro avvocati stanno facendo la stessa cosa con voi, giocando in discesa. Ci sono in ballo risarcimenti esorbitanti. Un processo non è un luogo in cui discutere di questioni di principio.

Lei come crede che siano andate le cose?, aveva chiesto il secondo avvocato.

Non lo so. Sinceramente, non lo so.

Crede che potesse esserci stato suo figlio maggiore alla guida?

Non penso, aveva ammesso Padre. Era l'unico con la patente, ma è stato trovato sbalzato a diversi metri dalla macchina. Era uno preciso, non si sarebbe mai messo al volante senza cintura.

E poi l'auto ha impattato contro un albero con un frontale sinistro: in ogni caso non sarebbe stato sbalzato così lontano, aveva aggiunto l'avvocato.

Onestamente non credo che guidasse neanche Minore, aveva aggiunto Padre. Il suo amico aveva il foglio rosa, lui no. È vero che era un ragazzo vivace, ma una cosa del genere non l'avrebbe fatta.

Vede? Non ci resta che appurare che alla guida ci fosse il suo amico. Lo dobbiamo a voi, ai vostri figli, anche solo per dimostrare che sono innocenti.

Padre aveva preso la cartellina con tutti i documenti e si era alzato, sfiorando il gomito di Madre. Lei aveva avuto un piccolo sussulto e l'aveva seguito.

Madre non aveva sentito niente di quello che gli avvocati e Padre si erano detti: un rimbombo assordante aveva cominciato a pulsarle nelle orecchie, coprendo tutte le parole dopo *quantificare*.

51. strofinaccio a scacchi bianco/blu

Quando, diciotto anni dopo l'ultima volta, il ragazzo con la felpa era tornato, ad accoglierlo c'era anche Madre.

Con una loquacità che aveva sorpreso Padre, aveva cominciato a raccontare mille aneddoti, tra cui quello di una festa epica, una festa a tema: Rettili e Rettiliani, l'avevano chiamata.

Avevano invitato amici e amici di amici, ma si era sparsa la voce e si erano presentati anche tipi mai visti prima. Maggiore aspettava sulla porta e, a chiunque entrava, disegnava alieni, draghi, serpenti, dischi volanti, coccodrilli, tirannosauri – sulla mano, sul collo, sulla schiena, sul décolleté. Sopra l'ingresso avevano appeso uno striscione, diceva: VIVI E LASCIA VIPERE.

C'erano persone ovunque, tranne in camera vostra, aveva specificato il ragazzo, Maggiore l'aveva chiusa a chiave. Minore aveva messo a palla lo stereo; la gente si accalcava, ballava sul divano, sul tavolo, sui letti.

A un certo punto l'attenzione generale era stata catturata da una stampa incorniciata, appesa sopra la scrivania di Minore. Il dipinto rappresentava una melagrana gigante, da cui spuntava un pesce rosso, dalla cui bocca spuntava una tigre, dalla cui bocca spuntava una seconda tigre, dalla cui bocca spuntava un fucile puntato contro una ragazza nuda che dormiva.

L'autore era stato eletto all'unanimità il re dei pusher, il quadro staccato dal muro e fatto girare di mano in mano. Esaurita la curiosità, era diventato vassoio per dispensare shottini di rhum e pera, poi era sparito.

Anche Minore era sparito: se ne era accorto Maggiore, giravamo insieme la casa per trovarlo. Chiedevamo, tutti l'avevano visto, sempre in un'altra stanza – non sapevano quando, ma l'avevano incrociato da poco. Via via anche altri si erano messi a cercarlo con noi, ci muovevamo tipo branco da una stanza all'altra, lo chiamavamo per nome e poi qualcuno aveva gridato, Ma cosa c'è dietro quella porta?

È solo lo sgabuzzino, aveva detto Maggiore. Aveva provato ad aprirla e si era accorto che era chiusa.

Insomma, Minore era lì dentro. Così era cominciata la conta ed erano partite le scommesse, Chi altro manca?

Poi lentamente la porta si era aperta, Minore era uscito, dietro di lui una ragazza piccolina con la treccia e mille lentiggini.

Ero solo andato a prendere uno strofinaccio, si è rotto un bicchiere e volevo asciugare.

Lo avevamo preso di peso, cori da stadio, il canovaccio sbandierato e rotoli di carta igienica che volavano come festoni, mentre lui arrossiva e si sbracciava in tutti i modi per cercare di negare il suo primo bacio.

bagno

Le piastrelle sono sui toni del turchese. La piccola finestra nell'angolo sotto il soffitto è rotta, la parete coperta dalla colata di escrementi dei piccioni che ci hanno fatto il nido.

Lo specchio è opaco, come i sanitari. Di fronte c'è una vasca dentro cui sono cresciuti canne e giunchi.

52. innaffiatoio

Passati otto anni, il dolore era sempre lì, immutato.

Madre, quando pensava alla sua vita, immaginava la foresta distrutta dal fuoco nella stessa notte dell'incidente. Rivedeva quelle distese di alberi carbonizzati, distese di moncherini neri lungo il fianco della montagna.

Un bosco identico a quello che c'era prima non sarebbe mai più cresciuto, lei lo sapeva.

Era un'immagine sulla quale rifletteva spesso e di cui aveva parlato con la psicologa. Qualche volta Padre si stendeva sul divano e le appoggiava la testa sulla coscia. L'aveva raccontata anche a lui, passandogli le dita tra i capelli e fissando il lampadario per evitare di incrociare il suo sguardo.

Le pareva che spiegasse come si sentiva, meglio di lunghi giri di parole.

Un giorno Madre era tornata a casa con due piante di corbezzolo; Padre le aveva chiesto che cosa significassero.

È una cosa che ho imparato studiando le piante pirofite, aveva detto. Prendi una pineta, della macchia mediterranea, un bosco di lecci, quello che vuoi. Sì, c'è qualche corbezzolo, ma sono pochi, sparsi qua e là, soffocati dal resto della vegetazione. Poi scoppia un incendio e non rimane niente.

E quindi?

Tra i primi a rinascere ci sono i corbezzoli. Le fiamme e la cenere rendono acido il terreno, questo li stimola a buttare nuovi germogli dalle radici. Sotto terra sono ancora vivi. Dopo l'incendio gli alberi che gli toglievano la luce non ci sono più e ora i corbezzoli crescono più rigogliosi di prima. E poi sono piante speciali, aveva proseguito Madre entusiasmandosi, capaci di fare contemporaneamente fiori e frutti: grappoli di campanelle bianche e bellissime bacche rosse e arancioni.

Si erano presi cura insieme di quei due alberi alti neanche mezzo metro. Li avevano tenuti in terrazza, innaffiandoli, concimandoli, rinvasandoli ogni paio d'anni e potandoli man mano che si avvicinavano al tetto.

Un giorno li pianteremo, si erano detti.

53. rasoio elettrico a testine rotanti

Padre aveva un superpotere: pensare agli oggetti solo in quanto oggetti. Era difficile che qualcosa acquistasse per lui un valore sentimentale, o un significato diverso da quello per cui era nato.

Un rasoio, che aveva usato per più di vent'anni, si era rotto e l'aveva fatto riparare. Si era rotto di nuovo e di nuovo l'aveva fatto riparare. Si era rotto ancora e aggiustarlo sarebbe costato di più che ricomprarlo. In casa aveva un secondo rasoio praticamente nuovo, aveva cominciato a usare quello.

Altri – Madre, per esempio – si sarebbero fatti scrupoli. Quel rasoio era stato il primo e unico rasoio di Maggiore, ma un oggetto è un oggetto, e per Padre andava valutato in base alla sua utilità: funzionava, lo avrebbe usato.

Erano andati insieme a comprarlo, padre e figlio.

Padre si era reso conto dopo di aver idealizzato quel giorno, come se contenesse una qualche sacralità da rito di passaggio. Si era organizzato gli impegni della giornata in modo da cominciare presto e da essere a casa nel primo pomeriggio, quando Maggiore sarebbe tornato da scuola.

In realtà era stato tutto molto prosaico: erano entrati in un enorme negozio di elettronica, un commesso svogliato aveva chiarito le principali differenze tra due modelli – uno era più accessoriato, l'altro costava di meno – e dopo dieci minuti erano usciti con il primo modello.

Padre però aveva ormai concluso la giornata lavorativa, gli rimanevano diverse ore libere prima di cena. Aveva proposto a Maggiore di andare a correre, visto che per anticipare gli appuntamenti aveva rinunciato al suo allenamento mattutino. Maggiore non aveva niente di meglio da fare. Erano passati da casa a cambiarsi e avevano cominciato a correre in direzione dell'argine. Erano arrivati fino alle chiuse e ritorno – una decina di chilometri – in poco meno di un'ora. Il sole cominciava a tramontare, trasformando quell'affluente secondario in un fiume dorato.

Ti va una birretta?, aveva proposto Padre sedendosi al tavolino di un chiosco.

Andando a letto Padre aveva ripensato alla giornata passata. Maggiore aveva quattordici anni, di birre ne aveva già bevute, ne era certo. Ma sempre e solo con i suoi amici, quando gli adulti non c'erano.

Chiedendogli di bere insieme invece lo aveva legittimato, gli aveva riconosciuto il suo essere grande. Se c'era stato un rito di passaggio, si era detto Padre, era stato più in quella birra che nel rasoio.

54. bicchiere portaspazzolini

Dopo che il socio se ne era andato, le cose per Padre si erano complicate. Dei tanti clienti, gli erano rimasti i pochi storici. I termini di consegna, saltati; le collaborazioni internazionali, terminate; i bilanci a fine mese, in perdita. Affrontare da solo le spese di quello studio era impensabile. Padre aveva disdetto l'affitto e, passati i sei mesi di preavviso, aveva traslocato.

Camera di Maggiore era diventata di nuovo il suo studio: una scelta temporanea ma obbligata, dal momento che non aveva ancora trovato alternative valide e aveva bisogno di abbattere i costi.

Madre aveva aiutato Padre a svuotare gli scatoloni e a riadattare la camera a ufficio. Avevano aggiunto la scrivania di cristallo, appoggiandola a L a quella di Maggiore, mentre avevano tenuto la sua sedia ergonomica, che era meno rovinata.

Padre non era contento di quella soluzione, ma non aveva la forza per pensarne altre. Aveva cercato dei colleghi con cui dividere lo studio: aveva fatto diverse telefonate e alcuni pranzi, senza concludere niente. Lui per primo non aveva davvero voglia di mettersi a lavorare con persone nuove, dover ricominciare da capo, mostrarsi brillante, preparato, disponibile ma deciso. Capiva bene i colleghi che lo salutavano cordialmente e acceleravano il passo per allontanarsi dalla crepa sottile e abissale che segnava il perimetro della sua vita.

Erano già diversi mesi che Padre dormiva in quella stanza: ora che era diventata anche il suo luogo di lavoro ci usciva giusto un paio di volte al giorno per mangiare, poco più per andare in bagno.

Il resto della casa era diventato un territorio straniero, Madre un'estranea con cui non era più nemmeno sicuro di parlare la stessa lingua. Erano mesi ormai che non avevano più alcun tipo di rapporto: i due spazzolini appoggiati nello stesso bicchiere, la loro maggiore intimità.

55. dispenser per sapone liquido

Era una di quelle giornate di febbraio in cui il cielo è più profondo del solito. Madre era in terrazza a potare un rosaio. Sceglieva con cura i rami più robusti, immaginando la fioritura che avrebbero preso quella primavera.

Poi si era dedicata ai corbezzoli: ogni sforbiciata restituiva alla chioma una forma che nel corso della stagione precedente si era persa.

I rami tagliati e le foglie – lanceolate, a margine seghettato – si accumulavano sul pavimento della terrazza. Il sole scaldava, così Madre si era arrotolata le maniche oltre il gomito. Restava concentrata sugli snodi dei rami, non pensava ad altro.

Aveva controllato un'ultima volta il suo lavoro, dopo aver chiuso le forbici con il gancetto. Era soddisfatta.

Il dolore era sempre stato con lei, l'aveva attesa per tutta la mattina, senza mai andarsene. Ma gran parte del percorso che aveva fatto in quegli anni di terapia riguardava proprio questo: accettare che il dolore facesse parte della sua vita. Una delle scoperte peggiori che Madre aveva fatto è che di dolore non si muore. Ti abbatte, poi ti aspetta.

Partendo dalla consapevolezza che non l'avrebbe potuto cancellare, le aveva detto la psicologa, questo era quello su cui avrebbe dovuto lavorare: trasformare il dolore, dargli nuove forme.

Le sembrava assurdo, ma anni prima anche solo alzarsi dal letto le era apparsa un'impresa impossibile.

C'è chi dice che il tempo cura ogni cosa.

Madre non era per niente d'accordo.

Ci sono cose che non si cureranno mai, pensava lavandosi le mani sporche di terriccio – tutto quello che fa il tempo è concedere di assistere a nuove fioriture a chi ha la pazienza di aspettare.

56. cactus

Quando Madre aveva riaperto la chat, aveva trovato dei messaggi di lei.

Ti piacciono?

Sotto c'era una foto di tette.

Una cosa che aveva sempre stupito Madre era quanto Maggiore e Minore avessero caratteri diversi.

Maggiore era un gregario, uno che nel gruppo faceva ridere, ma di cui non ti saresti accorto quando era da solo. Minore invece, dove lo mettevi, si notava. Non aveva bisogno degli altri: se si annoiava, e capitava spesso, se ne andava e basta.

Maggiore era metodico e paziente. Adorava due cose, il disegno e i manga, e a quelli si dedicava. Minore invece era incostante, si entusiasmava e si stancava nel giro di poco. Il karate, i rollerblade, la chitarra, la fotografia: meteore che catturavano la sua attenzione e, improvvise com'erano arrivate, se ne andavano. Solo GTA aveva resistito nel tempo.

Le piante grasse erano state una di quelle passioni. Se ne era fatto regalare una decina, aveva comprato del terriccio specifico e una piccola serra da tenere in terrazza; era anche andato in cerca di sassi adatti a completare la composizione. Era riuscito a farne fiorire un paio. Poi aveva mollato tutto. Madre aveva preso un vasetto di coccio per l'unico cactus superstite e l'aveva messo sulla mensola del bagno.

Aveva scritto in chat diverse risposte, ma le aveva cancellate tutte.

Si era alzata, aveva chiuso il portoncino con il chiavistello, aveva preso un paio di mutande di Minore ed era tornata al computer.

Si era scattata una foto inquadrandosi l'inguine, con le mutande del figlio e il cactus che spuntava oltre l'elastico.

Mi piacciono quelli che sanno tenermi
sulle spine.
1 pari.

camera matrimoniale

L'arredo è composto da mobili in noce scuro che erano appartenuti alla famiglia di Madre. Quando i suoi genitori erano morti e la loro casa era stata venduta, avevano fatto restaurare il letto matrimoniale, i comodini, la cassettiera. Quei mobili e una collana sono tutto quello che a Madre rimaneva della sua famiglia.

La stanza ora è invasa da rami di legno lucido che partono dal pavimento sfondato e si allungano, avvolgendo l'arredo come spire.

57. uniforme color cachi

Madre aveva letto i libri di botanica che aveva comprato, li aveva sottolineati, ne aveva comprati altri. Sentiva però che l'entusiasmo cominciava a scemare: avrebbe voluto avere un riscontro delle cose che stava studiando, toccare con mano quello che aveva letto nei testi di selvicoltura e scienze forestali.

Si era messa a cercare su internet: aveva trovato un'associazione di guardiaparchi volontari e li aveva contattati. Quando Padre si era palesato in cucina gli aveva raccontato entusiasta quello che le avevano detto: avrebbe potuto seguire un corso di formazione con tanto di esame finale, poi avrebbe potuto dedicare una decina di ore al mese ad attività di salvaguardia, prevenzione e informazione, soprattutto nell'area dei colli che era stata colpita dall'incendio.

Padre aveva annuito ed era andato nuovamente a chiudersi in camera di Maggiore.

Madre era tornata su quei monti a dieci anni dall'incendio e quasi non li riconosceva. Il bosco che c'era prima era composto quasi interamente da robinie, con un sottobosco abbastanza povero – rari cespugli di sambuco, vitalba e rovi. Dopo le fiamme le prime a tornare erano state le specie erbose, a cui aveva fatto seguito una varietà di piante che prima aveva trovato spazio solo sui colli limitrofi.

Ora Madre si sentiva frastornata e persa: camminava in mezzo a betulle, carpini, roverelle, bagolari, alberi di Giuda; il sottobosco era ricco di pungitopo, ligustri, ginepri. Per ogni nuova pianta che trovava, Madre si fermava, osservava con attenzione la forma della chioma, le foglie, la corteccia, e prendeva appunti su un taccuino.

Si sentiva frastornata e persa – inaspettatamente felice.

58. letto matrimoniale

Padre viveva in quello che era tornato a essere il suo studio, non usciva più neanche per mangiare. Madre gli lasciava il piatto sulla scrivania; quando lo riprendeva gli alimenti erano solo più freddi e mischiati, quasi invariati in quantità.

Era l'undicesimo anniversario dell'incidente: ogni anno, per Madre e Padre, giugno era un Avvento al contrario, con luminarie di buchi neri.

Era pericoloso aggirarsi per la città, ma era ancora più pericoloso restare in casa. Quel giorno si dicevano il meno possibile, perché le parole venivano risucchiate prima ancora di poter essere ascoltate.

Madre aveva appoggiato il caffè e un paio di biscotti sulla scrivania, perché facesse colazione; Padre l'aveva salutata con un cenno del capo e aveva acceso il computer con un gesto automatico, anche se erano settimane che non era più in grado di lavorare.

Vieni, gli aveva detto. L'aveva preso per mano. Padre si era opposto blandamente, poi si era lasciato trascinare fuori.

Erano arrivati nella loro camera, si erano fermati davanti al letto matrimoniale.

Lo vedi?, gli aveva detto Madre. È un oceano, senza di te, è troppo grande e troppo freddo. E io sono una zattera alla deriva, senza di te.

Padre era rimasto a fissare Madre e il letto, cercando di decifrarli. Come faccio?, aveva chiesto con un filo di voce.

Madre lo aveva abbracciato.

Nel pomeriggio erano usciti insieme con un borsone in cui gli aveva messo vestiti puliti, un paio di libri, pigiami, biancheria intima, spazzolino.

Lo aveva accompagnato nel reparto di psichiatria: Padre era stato ricoverato lì un mese, poi altri tre in una casa di cura accreditata.

Era un sanatorio ottocentesco ristrutturato: ne conservava il nome bucolico, l'architettura elegante e massiccia, il parco secolare che lo separava dal resto del mondo. Ogni volta che Madre vi era entrata per salutare il marito aveva avuto l'impressione di mettere piede su un'isola.

Anche quando era andata a prenderlo per tornare a casa, la sensazione era quella: di naufraghi che si rimettono per mare.

59. camicia bianca slim fit

Quando il progetto di ristrutturazione si era concluso, i genitori dell'amico di Minore avevano invitato tutti quanti da loro.

Avevano cenato nella veranda che si apriva sul giardino; la padrona di casa li aveva deliziati con ottimi piatti e il marito aveva continuato ad aprire bottiglie di cantine rinomate. I ragazzi appena avevano potuto erano scappati a giocare al computer.

Era una serata di metà aprile piuttosto calda, e qualsiasi cosa dicessero sembrava più divertente del solito.

Nel servire il dessert – una cheesecake con glassa di lamponi – la madre dell'amico aveva macchiato il colletto della camicia di Padre. Lui aveva cercato di pulirsi intingendo un fazzoletto nel bicchiere, ma la macchia si era solo schiarita e allargata.

Per fortuna che c'è qui tua moglie che ha visto come sono andate le cose, aveva detto lei, altrimenti avrebbe potuto pensare a una macchia di rossetto.

Erano tutti scoppiati a ridere.

Guarda, se ci tieni te lo lascio pure, aveva detto Madre. Basta che a quel punto, oltre che i mariti, ci scambiamo anche i figli.

60. mattone forato

La bocciatura di Minore non avrebbe dovuto coglierli impreparati. La si poteva immaginare vedendo com'era andato l'anno prima, chiuso a fatica con tre debiti. O calcolando le medie del primo quadrimestre. O ancora, sommando i giorni d'assenza accumulati, più o meno a insaputa dei genitori.

Madre aveva cercato di aiutare Minore per tutta la quarta ma, arrivati alla fine del ginnasio, non sapeva più come costringerlo a studiare. Gli aveva dato una mano con le versioni, l'aveva spronato, ripreso, ignorato. L'aveva mandato a ripetizioni, due e poi tre volte a settimana. Gli aveva proibito di giocare a calcetto, di uscire il sabato sera. L'aveva sgridato e gli aveva cucinato finocchi lessi per punizione.

Quando era stato bocciato, Padre era rimasto senza parole.

Un misto di delusione, dolore, soprattutto sorpresa. Gli pareva una cosa incomprensibile. Tutti quei segnali lui non li aveva visti: non si era accorto di nulla.

Trascorsa neanche una settimana, era tornato a casa con una soluzione. Era la soluzione che adottava per tutti i problemi, quella che aveva imparato da volontario in Friuli. Lì nessuno perdeva tempo a lamentarsi. Si ricostruiva quello che era crollato, esattamente com'era. Tutto doveva tornare come prima, come se non fosse successo niente.

La soluzione di Padre era l'iscrizione a una scuola paritaria con recupero di anni scolastici.

Aveva preso Minore da parte, deciso a riscattare il tempo perso in un pomeriggio.

Gli aveva detto che non doveva buttarsi giù, che dalle sconfitte si esce più forti. Gli aveva parlato del terremoto del '76, dell'importanza del costruire e soprattutto del ricostruire, delle prospettive lavorative che aveva, dello studio che un giorno gli avrebbe lasciato, dell'importanza di una laurea e del valore del sacrificio. Quindi gli aveva spiegato la sua proposta.

Minore aveva alzato le spalle ed era rimasto in silenzio.

Padre l'aveva preso per un segno di assenso.

Sai cos'è questo? Dalla piccola pila di libri che teneva sul comodino aveva preso ciò che usava come fermacarte.

È il mattone di un edificio che ho aiutato a ricostruire, una lezione che non mi scorderò mai: anche le case possono cadere, ma se le rimetti in piedi è come se non fosse mai successo niente.

61. abito nero da cerimonia

Sulla sedia ai piedi del letto c'è un vestito piegato con cura. Scuro, taglio classico. È l'abito con cui Padre si è sposato.

Dopo il matrimonio l'aveva usato poche volte, l'ultima al battesimo di Minore. Ogni tanto, trovandoselo davanti mentre cercava una camicia pulita nell'armadio, si chiedeva quando sarebbe stata la prossima occasione buona per metterlo. Si era detto che lo avrebbe indossato alla laurea dei ragazzi. Era un'idea che l'aveva fatto sorridere, quella di confrontare la foto in cui usciva dalla chiesa con Madre, neanche trentenne, e quella che avrebbe fatto in posa, quasi sessantenne, insieme a Maggiore e a Minore con la ghirlanda d'alloro. L'abito, immutato, sarebbe stata la cartina al tornasole del tempo passato.

Inizialmente era stato uno scherzo, poi una scommessa, infine un voto: non lo userò mai più, se non alla laurea dei ragazzi.

In un paio di situazioni, senza pensarci, lo aveva indossato, ma appena si era ricordato del suo proposito si era cambiato e aveva riappeso giacca e pantaloni alla gruccia. Una volta era già sulla porta di casa e aveva dovuto inventarsi una scusa – mi sono accorto che c'è una macchia – per convincere Madre che era necessario che si cambiasse, che non c'erano alternative al ritardo che avrebbero fatto.

Padre non si era mai accorto che Madre aveva ripreso a fumare. Non si era nemmeno accorto che mancasse l'accendino, almeno fino a quando non gli era servito. Fino a quando non aveva deciso di bruciare il suo abito del matrimonio, quello che avrebbe dovuto usare alla loro laurea e che invece aveva indossato per il loro funerale.

Quella giacca e quei pantaloni erano il legame più forte che gli rimaneva con quel giorno. Il ponte più grosso da far saltare.

Aveva rovistato nel cassetto della cucina, mischiando tutte le posate tra i séparé di legno, ma niente. L'accendino era scomparso.

Era rimasto con il vestito inzuppato d'alcol piegato sull'avambraccio – e più tempo passava, più si sentiva perso. Come se, insieme alla foga del momento, stesse scivolando via ogni convinzione.

Aveva in mano un vestito da cerimonia e nelle narici un odore pungente: cosa doveva farsene? Come era arrivato fin lì? Cosa aveva immaginato?

Si ricordò di quando da adolescente aveva scritto una canzone d'amore per una compagna di classe. Se l'era cantata un paio di volte, poi aveva messo la chitarra in spalla ed era corso da lei. Aveva immaginato tutto: come avrebbe reagito, cosa gli avrebbe detto, cosa sarebbe successo. Solo che quando aveva suonato il campanello lei non era in casa: una possibilità che non aveva considerato.

Per un po' era rimasto ad aspettarla sul portone, ma più aspettava più le sue certezze crollavano. Come avrebbe reagito, cosa gli avrebbe detto, cosa sarebbe successo?

Se ne era tornato a casa, alla sua compagna non aveva mai detto niente: aveva abbandonato la chitarra e rimosso l'episodio.

Così era andata anche per il vestito: l'aveva chiuso in una busta ed era salito in macchina. Aveva superato un cassonetto, poi un secondo. Mentre guidava gli si chiarivano le idee: l'avrebbe portato in una tintoria abbastanza lontana, dove nessuno l'avrebbe riconosciuto e non avrebbe dovuto preoccuparsi di dare spiegazioni davanti a un vestito altamente infiammabile.

Dopo anni di oblio, il vestito era riaffiorato nel momento di prepararsi alla partenza. Tra armadio e valigia, l'aveva infine condannato al limbo, sulla sedia ai piedi del letto.

62. vaso in ceramica bianca

Una delle ultime volte in cui Padre aveva visto la madre del migliore amico di Minore era stato nel centro di riabilitazione, dopo che il ragazzo era stato dimesso dalla terapia intensiva.

Per la strada si era fermato a prendere un pensiero nel primo posto che aveva trovato – una fioreria all'angolo con l'ospedale. Solo dopo aver pagato gli era venuto il dubbio che forse era meglio evitare: la pianta era rimasta sul sedile del passeggero.

Quando era entrato nella stanza nessuno l'aveva guardato negli occhi. Il ragazzo aveva una palpebra mezza aperta e la pupilla vagava senza sosta. La madre aveva sollevato e voltato un attimo il capo in cenno di saluto, continuando a dargli le spalle.

Padre si era preparato delle parole da dire ma, come per il regalo, aveva preferito tenerle per sé.

La madre a un certo punto si era schiarita la voce e con tono pacato gli aveva chiesto di non farsi più vedere.

Erano passati tre anni, la pianta era morta, il processo penale in primo grado era stato sospeso perché l'unico superstite era in stato vegetativo, senza previsioni di miglioramento.

Era rimasto un vaso da utilizzare come svuotatasche e un processo civile da cominciare.

63. cuscino memory foam

Madre da arrabbiata diventava brutta. Inarcava il sopracciglio – non entrambi, solo il destro – e le compariva una ruga che le spaccava la fronte fino alla radice del naso. Si arrabbiava perché non si erano lavati le mani prima di andare a tavola, perché avevano fatto pipì fuori dal water, perché lasciavano giochi sparsi per tutta la casa, perché camminavano senza ciabatte, perché non finivano il cibo, perché litigavano, perché non andavano a dormire, perché non facevano i compiti, perché avevano preso un'altra insufficienza, perché tornavano tardi e la facevano stare in pensiero.

Padre era sempre evocato – Guarda che se continui così lo dico a papà, Se lo sa papà vedi poi cosa ti dice – ma di fatto era poco più che uno spettro, capace al massimo di ululare e di scomparire in un attimo attraverso il muro.

Quando Madre aveva scoperto che Minore fumava, gli aveva impedito di uscire la sera senza porre una scadenza. Ma non era abbastanza. Aveva ritirato i joystick, girando le proteste di Maggiore contro il fratello. E aveva smesso di parlargli.

Dopo una settimana, l'aria in casa era ancora tesa come il primo giorno. Padre assisteva al tutto dalla platea del divano ma, dal momento che la situazione era diventata insostenibile, era intervenuto per convincere Madre ad ammorbidire il castigo.

Facendo così ottieni solo l'effetto contrario, le aveva detto appena i ragazzi erano andati a letto. E poi, non mi sembra una cosa così terribile. Metà dei loro compagni fumeranno, noi per primi abbiamo cominciato più o meno a quell'età.

Secondo me stai esagerando: se fai tutte queste storie per delle sigarette, se si fanno una canna li metti al muro?

Madre aveva annuito, senza rispondere.

Capiva quello che lui le diceva, ma sentiva anche che se le parlava così, più che per il bene di Minore, era per il suo bisogno di tranquillità – a lei invece della quiete non gliene fregava un cazzo, le importava solo dei suoi figli.

Era andata in camera da letto, aveva affondato il viso nel cuscino per non farsi sentire e si era messa a piangere – per la rabbia, per la frustrazione di sentirsi sola e incompresa.

64. maglione a rombi

L'armadio a muro è aperto, il contenuto in gran parte svuotato sul letto. Torri di magliette, gonne e pantaloni sono crollate sul materasso. Per terra, detriti di biancheria intima, qualche cravatta, un costume da bagno.

Se Maggiore e Minore avessero potuto vedere questa apocalisse tessile, a stento vi avrebbero riconosciuto capi dei loro genitori. Giusto un paio di maglioni, quello a rombi bordeaux, rimasto per sbaglio fuori dalla cassapanca, e quello bianco a trama intrecciata. Il trench in loden che ogni tanto avevano usato per travestimento. Dei vestiti di Madre avrebbero notato il cappottino color cammello, una gonna a stampe floreali, poco altro.

Nei diciotto anni che erano trascorsi dall'incidente Madre e Padre non avevano solo comprato vestiti nuovi: avevano comprato abiti che in passato non avrebbero indossato.

Gli abiti erano solo una sineddoche del cambiamento: la piccola parte di un tutto che comprendeva desideri, gusti musicali, menopausa, ossessioni, idee politiche, diete, stempiature, paure, ambizioni, sentimenti.

Anche se avrebbero giurato il contrario, Madre e Padre non erano rimasti immobili in tutti quegli anni.

Per terra, vicino al comodino di Madre, c'è una piramide di valigie. Sono accatastate tutte lì, vuote – manca solo il trolley da viaggio.

garage

I muri sono coperti con pannelli fonoassorbenti. C'è una fila di cartoni da vino addossata alla parete, una bicicletta da donna e una scaffalatura con dei faldoni su quella di fronte. Sul fondo due paia di vecchi sci e una scatola con scritto DECORAZIONI DI NATALE *che contiene maschere, pinne e boccagli.*

La Volvo, che occupava gran parte dello spazio, non c'è.

Al suo posto una foresta ingombra gran parte della stanza e obbliga a camminare rasente ai muri se la si vuole attraversare. È un frattale di legno: dal tronco principale si staccano rami, dai rami partono nuove radici che tornando a terra si fanno tronchi.

È un ficus benghalensis – un baniano – che affonda le radici nel garage, e squarcia il soffitto. Da lì svetta nella camera matrimoniale e si estende nel resto della casa.

65. faldoni, n. 3

Impilati su mensole d'acciaio, ci sono dei faldoni legati con una fettuccia bianca: gran parte delle carte e della documentazione del processo.

Le udienze avevano accompagnato Madre e Padre, scandendo il tempo successivo all'incidente con appuntamenti in tribunale a intervalli semestrali. Erano incontri impegnativi, dolorosi fisicamente – come se all'ingresso dell'aula un rapace affondasse becco e artigli per strappare loro le croste e riaprire le ferite.

Madre si presentava solo se necessario, aveva delegato a Padre gli incontri con gli avvocati, le telefonate, le mail. Il processo stesso era diventato una sorta di tabù: qualcosa che esisteva ma di cui non si doveva parlare, perché anche solo nominarlo avrebbe fatto male. Ogni parola, ogni oggetto a esso collegato andavano rimossi, come la cartellina in pelle che li accompagnava a ogni incontro con gli avvocati, e che subito dopo veniva occultata nello sgabuzzino.

A cinque anni dall'incidente si era concluso il primo grado del processo civile: sulla base dei verbali e delle testimonianze del personale sanitario che aveva soccorso i ragazzi, era stato stabilito che alla guida ci fosse Minore. Madre e Padre erano stati condannati a risarcire la controparte e a pagare le spese legali.

Gli avvocati si erano stretti intorno a Madre e Padre, Non finisce qui, gli avevano detto, Se ne riparla in corte d'appello.

66. scatole di cartone (*IM.*)

Sulla parete di destra c'è una doppia fila di scatole – di quelle da sei bottiglie – chiuse con lo scotch da pacchi.

Le scatole che stanno in seconda fila hanno segnato a pennarello sul fianco: *IN*, che stava per *inutili*. Quelle della prima: *IM*. *Importanti*.

Dentro ci sono libri, quaderni, diari. Madre e Padre avevano passato serate intere sul divano a leggere tutto quello che trovavano.

C'erano quaderni con versioni di latino o appunti di storia. Fogli a quadretti con equazioni e problemi di fisica. E poi quaderni di analisi logica e grammaticale. Quaderni pieni di lettere ripetute e cornicette.

Anche se non erano niente di più di quello che sembravano – esercizi e appunti, tesine sulla rivoluzione industriale, diari con dediche in rima e firme che mimavano i graffiti – per Madre e Padre erano sufficienti. Avevano il potere di riportarli, mentre li sfogliavano, agli anni in cui i ragazzi frequentavano il ginnasio, le medie, le elementari; di far riemergere dalla memoria Maggiore o Minore di volta in volta a quattordici, a undici, a sette anni. Di volta in volta con l'acne, con gli occhiali dalla montatura ovale, senza l'incisivo inferiore.

67. sacchetto della spesa in tela cerata

Da quando Padre era tornato al lavoro avevano ripreso una vecchia abitudine che si era interrotta con l'incidente: la spesa del sabato mattina.

Era un piccolo rito laico che avevano quasi dimenticato. Padre teneva sempre una moneta per il carrello vicino al cambio; Madre prendeva dal garage l'Arcimboldo del supermarket – un sacchetto verde con fotografie di frutta e verdura assemblate in modo da formare dei volti.

Proseguivano così, Padre che spingeva il carrello, Madre mezzo metro più avanti che cercava i prodotti in offerta. Era un momento che piaceva a entrambi, quello della spesa, anche se non se lo sapevano spiegare. Forse perché non c'erano distrazioni lavorative, o perché erano in un territorio neutro. O forse solo perché si trattava di una routine rasserenante, senza rischi di imprevisti, tensioni, problemi.

Così capitava che mentre vagavano per le corsie si mettessero a fare programmi per la serata – potremmo cucinare, potremmo vederci un film, potremmo uscire. A volte i programmi si estendevano alla settimana intera – hanno inaugurato quella mostra, potremmo andare a Venezia. Se la spesa era sufficientemente lunga, erano capaci di uscire con una bozza di programma per l'estate – potremmo tornare in Marocco.

Nel frattempo il carrello si riempiva di cibo e prodotti per la casa e, quando ormai straripava, si avviavano alla cassa; puntualmente il sacchetto non bastava e occorreva acquistare un paio di buste.

Non sempre realizzavano quello che avevano immaginato tra il banco della carne e il reparto ortofrutta. In ogni caso – anche se quella sera non avessero cucinato, anche se non avessero visto nessun film, anche se fossero rimasti per l'ennesima volta chiusi in casa, anche se quella mostra avesse chiuso prima che fossero riusciti a vederla, anche se nulla di quello che avevano pensato si fosse realizzato – per il resto della giornata li avrebbe accompagnati un senso di benessere, legato all'essere ancora capaci di immaginare un futuro.

68. scaffalatura in acciaio

Padre era tornato dalla casa di cura come da una traversata oceanica. Aveva le guance scavate, gli occhi di chi ha visto creature degli abissi.

Madre l'aveva aiutato come poteva. Appena se l'era sentita, gli aveva dato una mano a sistemare la camera di Maggiore, a far ripartire lo studio. Avevano liberato spazio portando in garage una scaffalatura piena di libri di architettura che non venivano aperti da anni.

Madre si era proposta di organizzargli il lavoro, e Padre aveva finalmente acconsentito. Aveva risposto alle mail in sospeso, si era fatta passare la lista dei contatti, aveva telefonato uno per uno a tutti i clienti storici.

Dall'altra parte aveva incontrato una rosa di reazioni: stizza per le mancate risposte nei mesi precedenti; ira per i ritardi accumulati; imbarazzo nell'intuire il motivo di quella pausa lavorativa; stupore; empatia; disinteresse.

69. pallone da football

Era finalmente arrivato l'anno in cui Padre avrebbe mantenuto la sua promessa: portare la famiglia negli Stati Uniti.

A maggio ci sarà una fiera a Chicago dove mi incontrerò con dei clienti importanti, aveva detto a cena una sera. Potremmo attaccarci un paio di settimane di ferie prima o dopo e vederci anche New York, Boston, oppure farci i grandi parchi partendo da Yellowstone e poi spostandoci in California, oppure-

Non se ne parla, l'aveva fermato Madre. Starà finendo l'anno scolastico, i ragazzi avranno le ultime verifiche, le ultime possibilità di recuperare nelle materie in cui sono ancora sotto.

Minore e Maggiore erano insorti, avevano ribattuto che due settimane non potevano influire su un intero anno scolastico, che si sarebbero impegnati il doppio nei giorni che restavano, che se non partivano avrebbero scioperato facendo scena muta apposta, che Ti prego mamma, è il viaggio che papà ci ha sempre promesso.

Non ho detto che non lo faremo, aveva detto Madre, ho detto solo che non lo faremo ora.

A maggio Padre era partito da solo; come souvenir aveva portato una palla da baseball – che era stata persa con un fuoricampo oltre la terrazza – e un pallone da football – che veniva parcheggiato nel cestino della bici di Madre.

70. bicicletta da donna

Vediamoci, aveva scritto una sera la ragazza nella chat.

Madre aveva dormito male, continuava a rigirarsi sul letto e a pensare a cosa avrebbe dovuto rispondere.

Al mattino aveva scritto, *Va bene, troviamoci al duomo alle 17.*

Aveva passato la giornata aspettando che si facesse pomeriggio. Si era messa una maglietta a righe bianche e blu, con la scollatura a barchetta, aveva preso la bicicletta ed era uscita.

Per la strada continuava a chiedersi cosa sarebbe successo. Poteva succedere tutto, poteva non succedere niente.

Non era successo niente.

Madre era rimasta seduta sul muretto che delimitava il sagrato per due ore, ma non si era palesato nessuno.

Si era sentita stupida, era tornata a casa.

Quando aveva aperto il computer c'era un messaggio.

Scusa per oggi, ho avuto un problema.
Vediamoci qui.

Parte seconda

Automobile

bagagliaio

71. ruota di scorta

Una scatola di latta con dentro un mazzo di contanti arrotolati, il Reverso – regalo per la laurea di Padre –, il collier di perle di Madre, i sacchetti di velluto con le catenine e i braccialetti d'oro ricevuti dai ragazzi per il battesimo e per la comunione: sono nascosti nel vano della ruota di scorta, in attesa di passare da un Compro Oro.

72. collier di perle

Tutto quello che a Madre resta dei suoi genitori è una collana di perle.

Il loro rapporto era costruito sulla reciproca sopportazione e infinite routine. Finché era rimasta a casa, avevano preteso di controllare ogni aspetto della sua vita, dagli amici che frequentava alla scelta della facoltà universitaria. Per quanto le andasse stretto, quello era il mondo a lei noto. Incontrare Padre – un perfetto sconosciuto agli occhi dei suoi genitori – le aveva permesso di capire quanto fossero angusti gli spazi in cui aveva vissuto fino ad allora. E lui l'aveva aiutata a evadere.

Non avevano mai veramente litigato, Madre e i suoi genitori. Ma un po' alla volta lei aveva imparato a far valere le sue scelte – cosa che si era tradotta in silenzi di lunghezza sempre crescente –, finché erano usciti dalla sua vita, senza clamore: come un ramo che si secca. Sarebbe toccata la stessa sorte anche all'azienda agricola e al casale, venduti senza rimpianti dopo la loro morte.

Presa dalle preoccupazioni e dalle gioie della famiglia che si stava costruendo, Madre aveva gradualmente smesso di pensare a quella da cui proveniva – non aveva mai desiderato farne parte, non si era mai sentita desiderata.

L'affetto, la dolcezza erano frutti del nuovo mondo, scoperti insieme all'uomo che si era scelta. Nel vecchio mondo tutto si reggeva invece sull'ordine, la puntualità, il senso di colpa.

Sarebbe stato facile additare come responsabile suo padre, con quel piglio autoritario e la mania del controllo. Ma sua madre era altrettanto complice, succube di ogni sua decisione e impastatrice di rimorsi. L'unica volta in cui le aveva davvero parlato era stata la sera prima del matrimonio.

L'aveva raggiunta nella sua camera, aveva chiuso la porta e le aveva consegnato una scatola. Dentro, il filo di perle.

Io ho sacrificato tutta la mia vita alla famiglia, le aveva detto mentre le chiudeva il gancetto dietro la nuca, tu non fare il mio stesso errore. Non lasciare che la tua felicità dipenda da altri.

73. busta intestata

Nella tasca anteriore della valigia c'è una busta: della documentazione del processo, quei fogli spiegazzati dalle riletture sono tutto quello che Padre e Madre hanno conservato. È la perizia medico-legale del perito di parte.

A distanza di otto anni dall'incidente era cominciato il processo in corte d'appello.

Considerata la dinamica dell'incidente e il luogo del ritrovamento del corpo, erano tutti concordi sul fatto che Maggiore non potesse trovarsi alla guida. Il processo in primo grado si era concluso considerando che il conducente fosse Minore, ma Padre e Madre erano certi della sua innocenza.

Sul processo appena concluso avevano pesato molto le dichiarazioni dei sanitari rilasciate a caldo alle forze dell'ordine per la ricostruzione della dinamica, secondo le quali Minore sarebbe stato estratto dai sedili anteriori, il suo amico da quelli posteriori. Non c'era tuttavia nessuna prova fotografica, e l'analisi del DNA era inficiata, dal momento che l'intero abitacolo era imbrattato di sangue di tutti i passeggeri.

Era possibile – questa la nuova linea difensiva – che nella concitazione dei soccorsi fosse stato commesso un errore, e che quindi le posizioni di Minore e del suo amico fossero state invertite?

A supporto di questa tesi deponevano gli esami obiettivi riportati nei diari medici della terapia intensiva, che descrivevano una lesione da cintura di sicurezza. Né Maggiore né Minore avevano alcun segno da cintura, a differenza dell'amico – circostanza alquanto suggestiva del fatto che in realtà ci fosse lui alla guida del veicolo.

74. stradario, pagine 56-57

Era suonato il campanello, Madre e Padre non aspettavano nessuno.

Erano passati diciotto anni dall'ultima volta in cui era venuto a trovarli, ma Padre l'aveva riconosciuto subito: aveva lo stesso viso dolce e un po' bambino, nonostante fosse ormai nella trentina. Come allora indossava una felpa con cappuccio, forse a negare il tempo trascorso.

Madre si era presentata, Padre era andato in cucina a cercare qualcosa da offrirgli.

Eravate tanto amici?, gli aveva chiesto Madre.

Il ragazzo aveva svuotato il bicchiere – una birra belga – e aveva cominciato a inondare Madre e Padre con aneddoti e storie: quando si erano conosciuti, il tempo che a volte sembrava non passare mai, le corse fuori dai pub con i bicchieri sotto la giacca, l'epica festa a tema che avevano fatto a casa loro.

Avete ancora lo stradario?, aveva chiesto poi.

Padre era andato a cercarlo: era sempre lì, sulla mensola, sotto alla borraccia.

Il ragazzo aveva cominciato a sfogliare le pagine, mostrando con l'indice alcuni cerchi segnati a penna rossa. Madre e Padre guardavano e annuivano senza capire.

Venite, aveva detto alzandosi. Non era una domanda: non avevano potuto fare altro che infilarsi la giacca e seguirlo.

Li aveva portati in giro per la città semideserta, fermandosi ogni tanto a indicare. Un marciapiede con dei cassonetti. Un semaforo e, poco distante, altri cassonetti anneriti. Dei bidoni condominiali. Un cestino della spazzatura in un parco, uno attaccato a un palo del semaforo. La maggior parte erano nuovi, ma alcuni erano rovinati – la plastica in parte fusa, il metallo sporco di fuliggine.

Siamo stati noi, aveva detto il ragazzo. Di solito ci facevamo scoppiare dei petardi. Altre volte bruciavamo quello che c'era dentro. Ogni cassonetto, un cerchio sulla mappa.

Era rimasto in silenzio per un pezzo. Poi, come interpretando una domanda che Madre e Padre non osavano fargli, aveva aggiunto, A volte eravamo in tanti, ma di solito eravamo solo noi due: io seguivo Maggiore, o lui seguiva me. Era importante il dove, il come, il quando. Il perché – il perché era una domanda che non aveva senso: eravamo un mostro con quattro mani e altrettanti occhi e un solo cuore. Ci bastava quello.

75. stampa 10x15 cm

In mezzo alle pieghe di un maglione, infilata in modo che non si rovini, c'è una foto. Ha un piccolo foro, al centro, perché Maggiore la teneva appesa con una puntina nella sua bacheca.

Erano arrivati stremati alle vacanze estive: Madre aveva instaurato un regime militare, con interrogazioni e controlli, per assicurarsi che i ragazzi chiudessero l'anno senza venire bocciati. Padre era tornato da Chicago allegro e riposato, pieno di aneddoti sul viaggio, ma gli erano bastati un paio di giorni a casa per perdere tutto l'entusiasmo. Poi la scuola era finita: Minore aveva chiuso con tre debiti, Maggiore con uno, si erano salvati.

Erano partiti per il Conero: l'andata era stata silenziosa, come se avessero finito la voce e le forze. Erano tutti e quattro stanchi e scontenti per motivi diversi, ma finalmente potevano stare insieme senza parlare di scuola o di lavoro.

Padre si alzava presto per andare a correre, qualche volta si erano uniti anche i ragazzi. Una mattina erano tornati con del pesce appena pescato che Madre la sera aveva cucinato sulla griglia. Quando l'aveva servito in tavola, aveva preparato i piatti dei ragazzi sfilettando i branzini e togliendo le spine con cura. Maggiore e Minore avevano protestato per quell'attenzione da bambini, ma avevano finito per capitolare, accettando di venire coccolati per tutto il resto della vacanza.

La foto ritrae Madre, Padre e Minore: era l'ultima di una macchina usa e getta, Maggiore aveva insistito per farla, anche se in realtà il tramonto alle loro spalle li metteva in ombra e i volti erano stati illuminati in modo innaturale dal flash.

Non è particolarmente riuscita, aveva pensato Madre, ma racconta molto. Dell'allegria di quella sera, con Minore in mezzo che abbracciava Madre e Padre e rideva piegando la testa di lato. Di Maggiore, che in quella immagine non c'era – come del resto accadeva spesso: Maggiore in disparte, Maggiore spettatore. Però, in quella sua assenza, c'era la sostanza della foto, c'era la cura con cui li aveva messi in posa, c'era la luce, per quanto sbagliata, che aveva scelto.

È una delle più belle che abbiamo di noi quattro, aveva detto Madre quando le avevano sviluppate.

76. scotch telato

Ti va di accompagnarmi?

Madre aveva annuito senza sapere cosa avesse in mente Padre. Era inizio giugno – il quindicesimo nel nuovo calendario che scandiva le loro vite – e le parole rimanevano superflue.

Prima di uscire, Madre aveva preso una pashmina: il cielo sembrava essersi accordato al loro umore, raffiche di vento sollevavano polvere e cartacce.

Padre aveva posteggiato di fronte a una fioreria. Si era fatto confezionare un mazzo variopinto, con gerbere arancioni, tulipani e girasoli, tutti di plastica ma molto realistici. Madre gli era stata accanto: sembrava chiederle quello soltanto. Non consigli, tantomeno obiezioni.

Il traffico in tangenziale era scorrevole, il cielo all'orizzonte sempre più scuro.

L'uscita era questa, aveva detto Madre rompendo il silenzio.

Non stiamo andando al cimitero.

Scesi dalla macchina il vento era ruvido e caldo, carico di pulviscolo, foglie, rametti spezzati.

Padre si era diretto a passo sicuro verso il pioppo con un rotolo di scotch che teneva sempre nel bagagliaio, insieme a pinze, cric e brugole. Insieme avevano cinto il tronco con tre giri di nastro.

Erano rimasti così, Padre e Madre, prima di rientrare in auto: incuranti del futuro prossimo – del temporale che a momenti li avrebbe colti, e di tutto il resto –, a fissare un pioppo da cui erano sbocciate corolle luminose.

77. cappello con il frontino

C'era un compagno di classe di Minore che aveva una casa sui colli e ogni anno a metà maggio organizzava una festa. Si celebrava il suo compleanno, ma soprattutto l'imminente fine della scuola.

Padre aveva parcheggiato la macchina nell'ampio piazzale di ghiaia.

Guarda che deve ancora arrivare la torta, gli aveva scritto Minore.

Nel frattempo, si era affiancata una seconda auto. Era la madre dell'amico di Minore. Padre l'aveva salutata. Se me lo dicevi te lo portavo a casa io, le aveva detto.

Magari un'altra volta ci organizziamo.

Temo che dovremo attendere un po', mi ha scritto che stanno ancora aspettando il dolce.

Come va con la schiena?, gli aveva chiesto lei.

Molto meglio, è un pezzo che non mi blocco più.

Bene, dai; se poi ti serve un'altra sessione di massaggi basta che me lo dici.

Aveva tirato fuori un pacchetto di sigarette e se ne era accesa una. Vuoi?

Padre aveva tentennato per diversi secondi.

È da quando Minore ha compiuto tre anni che non ne tocco una, aveva detto ridendo.

Se ne stavano appoggiati al cofano, in quella notte senza luna, con le luci della città che vibravano ai piedi dei colli. Quando lui le aveva reso l'accendino, le loro mani erano rimaste unite e le dita si erano intrecciate.

Eccoli, mi sa che stanno arrivando.

Minore, dall'altra parte del parcheggio, veniva avanti insieme al suo amico sventolando un cappello con il frontino che sarebbe finito sepolto e dimenticato sul fondo del bagagliaio.

Le mani si erano sciolte; le sigarette erano volate come stelle cadenti. Spegnendosi si erano portate dietro il desiderio.

78. trolley da viaggio

Nella valigia, la biancheria intima di Madre e Padre è disposta sulla destra, riconoscibile su base cromatica. Sui toni scuri del blu, del nero e del marrone ci sono i boxer e i calzini di Padre; le mutande, i reggiseni e le canottiere di Madre si distinguono per le gradazioni pastello che vanno dal bianco al lilla.

Era stata Madre a preparare la valigia: da sempre era compito suo. Informarsi su che temperatura avrebbe fatto. Recuperare le cose sparse nei vari armadi e cassettoni, ritrovare quel paio di scarpe che, chissà come, era finito in garage. Immaginare quello che sarebbe servito – prevenire: era la sua dimensione.

La valigia rimaneva vuota finché non aveva sistemato tutto sul letto matrimoniale.

Era compito di Madre anche fare il giro della casa: controllare che le tapparelle fossero abbassate e le luci spente; verificare che in frigo non fossero rimaste cose che potevano andare a male.

Padre svuotava la spazzatura; bagnava le piante; lavava la macchina, controllava la pressione delle ruote, si assicurava che ci fosse il pieno; sistemava le valigie nel bagagliaio.

C'erano cose che Madre e Padre non si erano mai detti, che da sempre funzionavano senza che avessero bisogno di spiegarsele: prepararsi a partire era una di quelle.

Avevano deciso di portarsi dietro solo l'essenziale, pochi oggetti – piccoli semi per la terra a cui sarebbero approdati.

79. radiatore elettrico a olio

Stipato nel bagagliaio accanto alla valigia c'è il radiatore elettrico che Padre aveva comprato per il garage.

Da ragazzo suonava in un gruppo: il basso, perché le chitarre erano già state prese e la batteria in casa faceva troppo rumore. Gli sarebbe piaciuto trovarsi a suonare in un garage, come tutte le rock band che si rispettino, ma i suoi genitori, come quelli degli altri, avevano messo il veto. L'unico posto che avevano trovato era una saletta del patronato: avevano stabilito un repertorio discreto, fatto un paio di date alla sagra di Ferragosto, poi si erano sciolti.

Quando Minore aveva cominciato a suonare la chitarra, a Padre era tornata in testa quell'idea: trasformare il garage in una sala prove.

Non era stata una richiesta dei ragazzi, ma quando gliene aveva parlato si erano subito infiammati. Maggiore non sapeva suonare, ma aveva una bellissima voce, e Minore si era messo a cercare un amplificatore tra gli annunci dell'usato.

Un sabato pomeriggio erano saliti in macchina ed erano andati da un rivenditore all'ingrosso di materiale per bricolage, nella zona industriale. Al ritorno avevano dovuto stringersi per lasciare spazio ai pannelli fonoassorbenti che avevano comprato.

Avevano lavorato fino a sera, e dopo cena erano tornati in garage per finire. Prima di andare a dormire l'avevano inaugurata: Minore alla chitarra, Maggiore alla voce, Padre alle percussioni – un barattolo di vernice ormai secca. Il trio aveva fatto un mini-concerto per un unico spettatore: sapevano solo due canzoni, ma le avevano ripetute tre volte.

Madre aveva provato un po' di invidia per Padre, e se ne era vergognata. Lui di fatto non c'era mai: era sempre al lavoro e, quando era in casa, se ne stava in disparte senza intervenire. Il tempo che dedicava a Maggiore e Minore era raro e splendente come una cometa. Nonostante l'impegno che ci metteva Madre, sentiva che sotto sotto i ragazzi si erano abituati a quel rapporto con Padre, sporadico ma sereno, e lo preferivano al continuo logorio che si era creato tra loro. Forse stava sbagliando lei – e forse era anche colpa di Padre, che si dedicava ai figli solo nei momenti più facili.

Si chiedeva se per lui quel rapporto saltuario ma superficiale fosse sufficiente: il dubbio non pareva sfiorarlo.

In chiusura Minore aveva riempito il garage con una serie di pennate ravvicinate, e quando l'aria era satura di rumore Madre si era messa a battere le mani.

Bravissimi! Ora andiamo di sopra però, fa freddo. Per la prossima volta aggiungerei anche un radiatore elettrico, se non volete congelare.

80. confezione di olio motore

In Padre il dolore si era preso spazio lentamente. Si era allargato, fino a quando aveva coperto tutto. Il suo corpo, i suoi pensieri, quello che gli stava intorno.

Era stato una nebbia appiccicosa, il dolore, che aveva aderito alle superfici delle cose e non si era più staccata. Se n'era accorto togliendo l'infuso dalla tazza che teneva sulla scrivania, piena solo d'acqua sporca che non sapeva di niente. Il libro che aveva aperto era diventato illeggibile, le pagine rivestite da una patina opaca. Grigia la luce che veniva dal lampadario, lattiginoso il mondo che si intravedeva oltre la finestra.

Il dolore era diventato la sua vita; lui era diventato il dolore. Avrebbe voluto annullarsi, per poterlo eliminare. Si sarebbe voluto smontare – amputare – pezzo a pezzo, fino a trovarne il nucleo. Farsi solo tronco, come i gelsi potati a testa di salice che gli aveva mostrato Madre sui suoi libri.

Padre ci aveva ripensato poco prima della partenza, seguendo a ritroso le sue impronte: l'asciugamano, la maniglia del bagno, l'anta del frigorifero, la bottiglia, lo stipite dell'ingresso, e poi giù: il corrimano delle scale condominiali, la porta basculante del garage, il bagagliaio dove aveva riposto la confezione con l'olio avanzato, la bacinella con quello esausto. Senza accorgersi, aveva lasciato ovunque un'impronta nerastra, una striscia, un segno. Ecco come funziona il dolore, aveva pensato. Macchia quello che sfiori; rimane anche quando non ci sei.

Ora ne vedeva le tracce.

81. atlante stradale

Scusa per oggi, ho avuto un problema.

Vediamoci qui, aveva scritto.

Qui erano delle coordinate.

Madre le aveva cercate su internet e aveva scoperto che corrispondevano a un posto lungo la statale. Era certa che quel punto fosse approssimativo – l'equivalente di dirsi: vediamoci in centro. Con la differenza che la statale era lunga decine di chilometri, e che non c'era niente di rilevante nelle vicinanze del luogo indicato. Aveva controllato anche sull'atlante stradale che tenevano sul fondo del bagagliaio, ma l'edizione era vecchia e mostrava una strada fiancheggiata da un canale e un incrocio complesso che evidentemente non esistevano più. Le coordinate puntavano in mezzo a una grande rotonda dove si annodavano la statale che proseguiva verso l'autostrada, due provinciali e una strada che portava alla zona industriale.

Madre guidava piano, cercava dei segni, non ne trovava.

Il traffico scorreva regolare, macchine e camion senza soluzione di continuità. Oltre il guardrail campi, osterie, parcheggi, supermercati, prostitute su sedie di plastica bianca, cartelloni pubblicitari, autovelox, insegne di bed&breakfast.

Era ormai arrivata alla rotonda – una rotonda enorme – e ancora non aveva visto niente.

Faccio il giro e torno a casa, aveva deciso. E proprio in quel momento aveva notato una ragazza che aspettava, oltre il ciglio della strada, sul limitare interno della rotonda. Aveva una maglietta a righe bianche e blu, simile a quella che aveva indossato lei quando si era seduta ad aspettare davanti al duomo.

Madre le era passata davanti due volte per essere sicura. Poi era tornata indietro fino al distributore di benzina. Lasciata la macchina, aveva camminato con le auto che le sfrecciavano accanto, tra la linea bianca e il fosso; aveva attraversato di corsa la strada per raggiungerla.

Vieni, seguimi, le aveva detto la ragazza quando si erano trovate l'una di fronte all'altra.

Madre avrebbe voluto chiederle, dirle, ricordarle che, ma lei stava già scavalcando la rete metallica che circondava, come delle mura, il perimetro interno della rotatoria.

Dentro la rotonda c'era quel pezzo di strada su cui non passava nessuno da anni – tutto ciò che rimaneva della vecchia statale. L'asfalto era coperto da foglie e rami, tutto intorno cresceva una fitta boscaglia. La ragazza si addentrava con passo sicuro, voltandosi ogni tanto per controllare che Madre la stesse seguendo.

Avevano raggiunto la riva del canale che attraversava la rotonda e si erano fermate.

abitacolo

82. museruola

Incastrata sotto al sedile del passeggero c'è una museruola: la usavano quando dovevano portare la cagnolina dal veterinario.

Negli ultimi tempi ci erano tornati spesso: mangiava poco, era sempre più debole. Madre e Padre ne avevano parlato una sera, dopo che i bambini erano andati a letto. Piuttosto che vederla soffrire l'avrebbero portata dal veterinario per l'ultima volta; prima però dovevano prepararli.

Lei non gliene aveva dato tempo. Al mattino non gli era andata incontro, e Padre aveva capito.

Non disturbatela che sta dormendo, aveva detto ai bimbi mentre facevano colazione. Arrivato in ufficio aveva chiamato subito Madre.

Facciamo che torno a casa prima che i piccoli finiscono scuola. La porto via e gli diciamo che è scappata.

Facciamo che te ne stai al lavoro e di questa cosa me ne occupo io, gli aveva risposto Madre.

Era andata a prendere i bambini a scuola e li aveva portati al parco. Li aveva lasciati correre. Poi gli aveva spiegato che la loro cagnolina stava male da tempo. Vi ricordate quante volte l'abbiamo portata dal veterinario ultimamente? Questa notte si è addormentata e ha smesso di avere male.

Minore non aveva compreso molto di quello che Madre gli stava dicendo, ma quando aveva visto Maggiore piangere si era messo a singhiozzare. Madre li aveva abbracciati, li aveva fatti salire in macchina e li aveva portati a casa.

La cagnolina era ancora rannicchiata nella cuccia. Madre li aveva presi per mano e li aveva portati da lei.

Vedete come è serena? Non sta più male.

Posso accarezzarla?, aveva chiesto Maggiore.

Certo.

Il bambino aveva sfiorato il pelo morbido, grattandole un attimo la pancia dove piaceva a lei.

Madre aveva aspettato che Maggiore e Minore andassero in camera a giocare; aveva coperto il cane con un lenzuolo e l'aveva messo in una scatola in terrazza.

Il giorno dopo era sabato, erano partiti in macchina tutti insieme diretti alla casa al mare. Era bassa stagione, Padre aveva deciso di prendere la litoranea al posto dell'autostrada.

Una volta scesi, Maggiore e Minore erano andati in veranda a disegnare. Padre si era messo a scavare ai piedi del pino che ombreggiava il piccolo giardino. Quando aveva finito, Madre aveva adagiato sul fondo il corpo avvolto nel lenzuolo. Sopra i bambini avevano lasciato cadere i disegni che avevano fatto per lei.

Vedete quest'albero?, aveva detto Madre. Molti anni fa è stato colpito da un fulmine. Si vede ancora la parte carbonizzata. Il tempo non cancella i dolori; i segni delle tempeste si vedono anche a distanza di anni. La vita è fatta di momenti bellissimi, e purtroppo anche di momenti tristi. Ci manca la nostra cagnolina, continuerà a mancarci. Però, se guardate bene, vedrete che quest'albero ha continuato a crescere nonostante il fulmine che l'aveva ferito. Si vede dov'è stato spezzato, ma di lato sono spuntati nuovi rami.

Il pomeriggio avevano giocato a pallone sulla spiaggia deserta, figli contro genitori – i bambini avevano vinto 10 a 2.

83. scontrino del McDonald's accartocciato

Madre aveva bussato ed era entrata in bagno senza aspettare una risposta. Minore era appena uscito dalla doccia: aveva afferrato al volo l'accappatoio e se l'era portato tra le gambe.

E quello cos'è?, aveva chiesto Madre.

Si era avvicinata: aveva un cerchio – una vipera che si mangiava la coda – tatuato sul fianco sinistro.

Madre non aveva aspettato che Minore si rivestisse: era andata in camera sua e aveva sequestrato il cavo di alimentazione del computer. Poi aveva annullato l'iscrizione alla squadra di calcio e gli aveva impedito di uscire fino a nuove disposizioni.

Era arrabbiata anche con Maggiore, che d'ufficio aveva bollato come complice: pure a lui negati computer, uscite e televisione.

Madre aveva telefonato a Padre per aggiornarlo subito sull'accaduto: l'aveva messo in vivavoce per far arrivare ai ragazzi anche i suoi rimproveri.

Padre aveva assunto un tono fermo, usando aggettivi severi e vaghi come *immaturo* e *irresponsabile*.

Madre l'aveva aspettato per potersi sfogare, ma Padre era rimasto a lavorare fino a tardi: aveva cenato a un McDrive per la strada. Forse aveva atteso che tutti dormissero, prima di tornare a casa.

84. cintura di sicurezza

A dodici anni dall'incidente si era concluso il processo in corte d'appello.

Le nuove perizie avevano dimostrato che i segni di cintura riportati dall'amico di Minore non erano localizzati al torace, ma al collo. Erano state fatte delle simulazioni: tale reperto non indicava necessariamente che si trovasse alla guida, ed era piuttosto indicativo del fatto che il ragazzo avesse tenuto la cintura da passeggero in modo inadeguato, ad esempio in posizione distesa sul sedile posteriore.

Allo stesso tempo, le fratture riportate da Minore agli arti superiori erano caratteristiche di un impatto violento contro una struttura rigida, come il volante. Viene istintivo stringerlo poco prima dell'urto, aveva annotato il perito, confermando quanto già riportato dai soccorsi.

Avrebbero fatto appello in cassazione, ma le perizie erano inequivocabili.

Padre si era allacciato la cintura sul sedile posteriore; si era steso, rannicchiandosi con le gambe, come per dormire. Aveva sentito il tessuto della cintura stringergli sul collo, il bordo che graffiava sotto l'angolo della mandibola; era rimasto immobile: solo il petto si alzava a scatti, a ritmo con i suoi singhiozzi.

85. raschiaghiaccio

Alla fine la Golf era stata portata allo sfasciacarrozze. Padre ci aveva dato un'ultima occhiata – come se avesse dovuto lasciare una stanza d'albergo e volesse essere sicuro di non dimenticare niente. Il raschiaghiaccio era nel vano portaoggetti, intatto.

Può ancora tornare utile per nuovi inverni, aveva pensato Padre – o per ricordarsi di quando lui e Madre avevano creduto che si sarebbero bastati per sempre. Se l'era messo in tasca, per poi riporlo nel cruscotto della Volvo.

Era un raschietto azzurro che avevano comprato a un distributore di benzina in Germania, quando i ragazzi non c'erano ancora e il muro spaccava in due Berlino.

Madre e Padre si erano messi in macchina: era passato da poco Natale, le università erano chiuse per le feste, e non avevano esami da dare. Anche se si erano procurati già da un po' i documenti necessari, ne avevano sempre parlato al futuro; si erano sorpresi loro stessi la mattina in cui si era fatto improvvisamente presente. Avevano preparato gli zaini, nel pomeriggio stavano passando il confine. Era stato più o meno in quel momento, mentre erano fermi alla dogana, che aveva cominciato a nevicare. Non aveva più smesso.

Era notte quando erano arrivati a Monaco, sommersa da un'omogenea coltre bianca. Non avevano prenotato un posto per dormire, avevano buttato giù i sedili e si erano addormentati nei sacchi a pelo. Al risveglio, nell'abitacolo filtrava una luce azzurra: il parabrezza era coperto da uno spesso strato di ghiaccio. Avevano vagato a piedi per un pezzo, alla ricerca di qualcuno che gli vendesse un raschietto e dell'antigelo da aggiungere al liquido lavavetri.

Nei giorni successivi avevano ripreso il viaggio, cambiando continuamente programma, dormendo e mangiando e facendo l'amore in macchina.

Erano arrivati ad affacciarsi sul Mare del Nord, il vento così forte che se parlavano non riuscivano a sentirsi; allora se ne stavano in silenzio, con le raffiche in faccia e l'orizzonte negli occhi, Madre e Padre non ancora madre e padre, loro due e basta.

86. tappetino in moquette nera

Dopo quella sera sui colli, Padre non riusciva a smettere di pensarci. Lei che gli offriva una sigaretta, le loro dita che si incrociavano.

Era eccitato, si sentiva in colpa. Non aveva mai pensato di tradire Madre – e allora cosa stava succedendo?

Di fatto niente. Era tutto nella sua testa. Forse si stava suggestionando – erano buoni amici, quella dell'altra sera era semplice confidenza. Provava a ignorare la cosa, a non darle importanza, come se non fosse mai accaduta. Ma quella tachicardia, quella bocca secca, quell'ansia che l'aveva preso nei giorni seguenti, allora?

Era seduto in macchina, quando il telefono aveva vibrato.

Sabato i ragazzi hanno una festa: accompagni tu Minore?

Padre aveva digitato e cancellato il messaggio due volte. Alla fine aveva scritto, *Per questo fine settimana riposo, si è offerto il fratello di accompagnarli in macchina.*

Peccato, aveva risposto lei. *Speravo di offrirti una sigaretta.*

Padre non ci poteva fare niente. Sapeva dove si stava infilando, non riusciva a non farlo. Voleva non eccitarsi, ma la sua erezione parlava per lui.

Recuperiamo presto, aveva scritto Padre, e subito se ne era pentito.

Dopo pochi secondi, la risposta di lei.

Quando vuoi. Mio marito è in Svizzera tutta la prossima settimana per un convegno.

Padre non aveva risposto, ma sull'angolo del tappetino era caduta una goccia di sperma.

87. occhiali a specchio

Forse era stato Padre a proporlo, e Madre gli aveva risposto che era pazzo. O forse era stata Madre a prendere i biglietti dell'aereo, e Padre le aveva detto che non era una buona idea.

Fatto sta che avevano riempito il piccolo trolley da viaggio, stando attenti a non sforare i 10 chili, avevano lasciato la macchina al parcheggio dell'aeroporto ed erano partiti.

Una volta arrivati – l'aria densa di pioggia, luci e rumori – entrambi avevano avuto la certezza di essere nel posto giusto. Forse davvero non era una buona idea, forse se ne sarebbero pentiti, ma lo sentivano: in quel momento non potevano essere in nessun altro posto che lì.

Camminavano sulla South Bank indossando gli occhiali a specchio dei ragazzi – Padre il modello con le lenti blu di Maggiore, Madre quelli con le lenti arancioni di Minore. Guardavano la città con quelli che sarebbero stati i loro occhi, loro che c'erano stati soltanto da piccoli e ricordavano solo i buffi cappelli delle guardie della regina.

Madre e Padre parlavano poco, era come se non ce ne fosse bisogno – bastava uno sguardo, un sorriso accennato, una mano che sfiorava l'altra per accordare i pensieri.

I ragazzi adesso sarebbero stati entusiasti di quella città, Madre e Padre non potevano far altro che entusiasmarsi a loro volta. Camminavano con piedi adolescenti, inseguendo la curiosità e lo stupore che Maggiore e Minore avrebbero avuto. Come loro avrebbero fatto, ordinavano fish&chips nei chioschi lungo la strada e lo mangiavano appoggiati a una gradinata. Erano tornati a vedere il cambio della guardia, e avevano passato un pomeriggio intero a Portobello Road. Di tutti i musei avevano visto solo quello di Storia

Naturale, dove Madre si era impegnata a disegnare in un taccuino il gigantesco scheletro del diplodoco.

Il giorno del concerto erano arrivati in anticipo, per trovare spazio il più possibile vicino al palco. C'era così tanta gente che nessuno faceva caso a loro. Si erano portati dei panini, avevano preso delle birre alla spina.

Quando la band era salita sul palco, la massa di gente si era fatta più compatta. Ne sentivano il calore – braccia che urtavano schiene che spingevano fianchi che battevano piedi che mischiavano corpi.

Madre e Padre, stretti per mano, si erano lasciati trascinare.

Non erano mai stati a un concerto di quelle dimensioni. Delle canzoni in scaletta riconoscevano solo alcuni ritornelli, ma cantavano lo stesso a squarciagola, unendo cuori e voci a quelli di un unico organismo che ondeggiava nello stadio. In quella marea, i corpi di Madre e Padre scomparivano, si moltiplicavano, erano Maggiore, erano Minore, erano Madre e Padre appena ventenni, erano corpi celesti sparsi nella via lattea e raggruppati in costellazioni.

Alla fine del concerto Madre e Padre erano esausti, svuotati, grati al rito che in qualche modo era riuscito a metterli in comunione con quell'entità più grande che prende il nome di umanità e che, nel suo essere sconfinata, nel tempo e nello spazio, comprendeva anche Maggiore e Minore.

88. goccia di resina

Concessioni, burocrazia, tempistiche incerte: ristrutturare la casa sui colli per il momento sarebbe stato troppo complesso, si erano detti Madre e Padre. Nella loro lingua privata, *momento* indicava il futuro scrutabile da lì all'orizzonte, e *complesso* voleva dire costoso.

Padre si era limitato a intonacare la casa con due mani di bianco; Madre aveva comprato uno zerbino nuovo e poche suppellettili. Le stoviglie e qualche arredo erano stati recuperati dalla casa al mare.

L'ultima volta in cui ci erano tornati era stato per sgombrarla. Era una giornata caldissima, il frinire delle cicale assordante. Avevano parcheggiato all'ombra del pino, lasciando le porte aperte; il marchio era una goccia di resina che era caduta sulla maniglia interna e che con il tempo si era cristallizzata.

Insieme censivano gli oggetti: da una parte quelli da stipare nel bagagliaio; in un sacco nero i giocattoli sbiaditi dal sole, i libri umidi, le conchiglie raccolte in un vaso di vetro.

89. bottiglia d'acqua naturale, 500 ml

Nel vano della portiera c'è una bottiglia – l'ha presa Madre in autogrill, di ritorno da un ritrovo con i vecchi compagni del liceo.

Era stato un pranzo fallimentare, dove una copia scolorita, ingrassata e rugosa di loro stessi aveva provato a ridere con le stesse dinamiche di un tempo. Le risate c'erano, ma il motore s'ingolfava, e l'unico olio che lo teneva acceso era la nostalgia. La nostalgia e il vino.

Madre non aveva bevuto, e non aveva nostalgia di quegli anni. Così se ne era rimasta seduta a un'estremità della tavolata, ad ascoltare aggiornamenti sui figli degli altri e ad aspettare il conto.

Qualcuno a un certo punto si era accorto del suo silenzio e aveva provato a coinvolgerla, ma dopo un primo slancio era franato nel solito problema: affrontare o non affrontare il lutto? Posto che il dolore c'era, bisognava parlarne o era meglio ignorarlo?

Come stai?, le aveva chiesto. E poi, come per toglierle la pena di rispondere – o per proteggersi dalla risposta –, aveva aggiunto, Dev'essere dura, ma ti vedo bene. Sei sempre stata una donna forte.

Finito il viaggio, la bottiglia era rimasta in macchina.

Sul fondo c'è ancora dell'acqua che accompagna ogni curva con un impercettibile sciabordio.

Vivere non è una questione di forza, ma di inerzia, aveva risposto Madre.

90. tappo di champagne Moët & Chandon

Per il quattordicesimo Natale dopo l'incidente, Madre e Padre si erano scambiati un portafoglio e un paio di guanti di pelle nera. Madre aveva cucinato un brasato, Padre si era fermato in enoteca a prendere un rosso all'altezza.

Dopo pranzo erano andati a fare una passeggiata. La città splendeva: l'aria era fredda e le colline sembravano lì, come se qualcuno avesse avvicinato il fondale.

C'era poca gente in giro, ma dalle finestre sulle strade straripavano luci e rumori. Mentre procedevano, commentavano i nuovi negozi che avevano aperto e, attraverso le serrande, spiavano le vetrine spente. Nella via pedonale, di fronte alla sede storica dell'università, era stato messo un abete decorato con enormi palle rosse. Madre si era seduta sulla transenna e si era fatta fare una foto.

Avevano camminato girando a caso per le vie del ghetto, tra il luccichio delle luminarie e le sfumature rosa del crepuscolo. Padre aveva dimenticato i guanti a casa e teneva le mani nelle tasche del cappotto; Madre gli stringeva il braccio e ogni tanto si voltava a guardarlo.

Dovresti andare dal barbiere, gli aveva detto spostandogli un ciuffo di capelli grigi, e gli aveva dato un bacio sotto l'orecchio. Ma sei gelato! Perché non hai preso il cappello?

Esco sempre in macchina, non sono abituato a stare fuori con questo freddo, si era difeso Padre.

Vieni che ci scaldiamo.

Avevano trovato un bar aperto e ordinato due cioccolate. Padre l'aveva presa con panna, Madre gliel'aveva rubata con il cucchiaino.

Se facessimo qualcosa per Capodanno?

91. beauty-case

L'attività di Padre non era mai tornata ai livelli di prima, ma nel corso dei tre anni successivi al ricovero aveva investito tutte le sue forze insieme a Madre per farla ripartire.

C'erano state anche un altro paio di degenze più brevi: in quei frangenti Madre aveva mantenuto i rapporti con i clienti, era passata nei cantieri a ritirare o consegnare documenti, aveva sollecitato i fornitori, o temporeggiato se non aveva alternative.

Padre lentamente aveva cominciato a uscire dal guscio in cui si era recluso. Una mattina aveva preso il tavolino pieghevole che tenevano in corridoio e lo aveva apparecchiato in terrazza con la tovaglia a fiori. Quando Madre era arrivata, la caffettiera era fumante, le fette biscottate sul piatto, accanto a burro e marmellata.

Avevano fatto colazione ascoltando il tubare delle tortore; sarebbe successo anche altre volte – belle e rare come arcobaleni.

Dopo la cucina e la terrazza, Padre aveva cominciato a riscoprire la camera da letto e infine l'ingresso, come portale sul mondo esterno.

Da allora erano passati altri quattro anni, prima del giorno in cui Madre aveva preparato la valigia e Padre l'aveva caricata nella Volvo. Chiudendola, Madre aveva dimenticato il beauty-case sulla mensola del bagno, ma l'aveva recuperato prima di uscire di casa e l'aveva appoggiato sui sedili posteriori.

Dentro: spazzolini, shampoo, dentifricio, fondotinta, pennello, tagliaunghie, deodorante, sertralina 50 mg, spazzola, rossetti, balsamo, compresse lassative alle erbe, mascara, termometro, elastici per capelli, gel lubrificante.

92. termometro a pile

Il termometro che c'è nel beauty è uno di quei modelli elettronici che non si sa mai se suonerà o meno per avvertire che ha finito di rilevare la temperatura.

È stato usato per l'ultima volta un paio di settimane prima, quando Padre era tornato a casa lamentandosi di avere freddo e male alle ossa. Madre aveva dovuto insistere perché se la misurasse: 38.7°C.

Per la penultima e la terzultima volta erano passati rispettivamente otto e dodici anni. L'aveva usato Padre, sempre su insistenza di Madre, in occasione di una gastroenterite (37.6°C) e di quella che il medico di base aveva etichettato come sindrome parainfluenzale (38°C).

La quartultima volta l'aveva usato Madre, diciassette anni prima. Era tutto pronto per il concerto, il volo per Londra sarebbe partito di lì a poche ore, ma Madre giurava di non sentirsi bene. Aveva nausea e mal di testa: 36.3°C.

La quintultima volta l'aveva usato Minore, diciannove anni prima. Era arrivato a casa da scuola, aveva lasciato metà del pranzo e si era buttato a letto. Quando Madre era tornata dal lavoro l'aveva trovato ancora lì, che tremava sotto le coperte. Gli aveva dato un bacio sulla fronte, si era accorta che scottava. Gli aveva misurato la temperatura: 39.1°C.

Gli aveva portato una tachipirina, ed era andata a preparargli una spremuta d'arancia. Minore l'aveva bevuta d'un fiato, poi si era di nuovo nascosto sotto le coperte.

Madre gli aveva cucinato un brodo di pollo e verdure con della pastina, mentre dormiva. Al risveglio Minore l'aveva mangiata di gusto, mettendosi a sedere sul letto. Madre gli aveva fatto compagnia, appoggiata sul bordo del materasso.

Le faceva tenerezza quel ragazzo così grande e così indifeso, che le sorrideva asciugandosi la bocca con la manica del pigiama.

Dopo aver spento la luce, Madre era rimasta accanto a lui per un pezzo. Gli seguiva con l'indice l'attaccatura dei capelli, poi scendeva lungo il dorso del naso, curvava sulle labbra, risaliva lungo gli zigomi, sfiorava le ciglia, ricalcava il profilo delle orecchie e ritornava all'attaccatura dei capelli.

Buonanotte – ma lui dormiva già.

93. planimetrie

Nel corso delle sue escursioni come guardiaparco, Madre aveva scoperto un piccolo terreno disabitato con una casa in pietra.

Ci aveva fantasticato a lungo, poi un giorno aveva convinto Padre ad accompagnarla. Lei guidava, Padre guardava il paesaggio oltre il finestrino come un turista straniero che osserva un paese che non conosce. Le strade, i negozi, la gente stessa che camminava pedalava correva: tutto gli era insieme familiare ed estraneo.

Si erano lasciati alle spalle la città e avevano proseguito verso i colli; erano arrivati dopo un paio di tornanti su una strada sterrata.

Qua se nevica rimani bloccato in casa fino al disgelo, aveva detto Padre. Ma del resto ci sono abituato.

Il vecchio proprietario aveva un solo figlio che abitava dall'altra parte dell'oceano: quando il padre era morto, aveva appeso un cartello con scritto *AFFITTASI* e non era più tornato.

Sarebbe bello risistemarla, aveva detto Madre.

Nei giorni successivi Padre si era messo al computer e aveva buttato giù la bozza per una possibile ristrutturazione.

Le planimetrie, arrotolate e chiuse con un elastico, mostrano la radiografia di un futuro solo immaginato: il piccolo soggiorno a cui avrebbe dato luce aggiungendo una vetrata, un angolo cottura con penisola da mettere al posto della cucina economica a legna, la vasca da sostituire con una doccia per recuperare spazio. Poi la camera matrimoniale, e la seconda stanzetta che sarebbe diventato il suo nuovo studio.

Quando avevano visitato la casa, Padre si era fermato a lungo in quella seconda camera. Era così piccola che non ci sarebbe entrata la sua scrivania di cristallo, ma era comunque sufficiente per riuscire a lavorarci.

Quello che dai disegni non si vede è la finestra che si affaccia sul querceto, all'ombra delle roverelle e dei bagolari.

94. clessidra

Sei sua madre, vero?, le aveva chiesto la ragazza. Non ho intenzione di chiederti perché l'hai fatto. Posso immaginarlo, o forse no, non lo posso neanche lontanamente immaginare.

Ma quindi tu sapevi?, aveva domandato Madre.

Certo.

La ragazza e Madre si erano sedute per terra, vicino al canale. La vegetazione non solo nascondeva la statale che le circondava, ma attutiva anche il rumore del traffico che continuava a ruotargli intorno.

Io e Minore avevamo un rapporto difficile. Stare con lui era come stare sulle montagne russe. Ti portava in alto, ma allo stesso tempo stavi male, perché sapevi che di lì a poco sareste crollati giù. C'erano periodi in cui ci sentivamo tutti i giorni, giorni in cui ci scrivevamo ogni cinque minuti, minuti interi che passavamo in silenzio a guardare le auto scorrere e ci bastava, perché eravamo insieme.

Non litigavamo neanche, semplicemente a un certo punto uno dei due spariva. Passavano mesi magari. Poi ci si rivedeva e scopavamo e basta. Oppure non ci sfioravamo neanche, ma ci confidavamo gli incubi fatti.

Quando mi hai risposto in chat, il primo pensiero è stato – è irrazionale, stupido, eppure l'ho pensato –, Lo sapevo che non saresti scomparso così.

Poi mi è salita la rabbia. Per lui – che qualcuno potesse fargli questo, fingersi lui, usarlo in questo modo. E per me: mi sentivo violata, tradita, colpita dove ero più debole.

Avevo cominciato a rispondere perché volevo capire chi fosse a scrivere, fino a che punto si sarebbe spinto. Solo che è successa una cosa strana. Era come se nelle risposte mi arrivasse l'eco della sua voce, ci trovavo qualcosa di vero. Scrivere mi faceva stare male e bene, era un gioco e una tortura.

E la foto delle tette?, aveva domandato Madre.

Era un modo per capire se dall'altra parte c'era solo uno stronzo che voleva scoparmi. Non sono mie, comunque: io non le ho così grandi, aveva detto ridendo.

Era bello sapere di poterlo ancora sentire, aveva proseguito. Per quanto mi dicessi che era tutto finto, quando mi scriveva era ancora capace di spiazzarmi e di farmi innamorare. E poi, come succedeva con lui, appena si è creato un equilibrio ho sentito il bisogno di mandarlo in frantumi.

Ho sentito il bisogno di chiudere questa storia. Volevo conoscere chi c'era dietro. Vedere come si sarebbe giustificato.

Ti ho vista, seduta sul muretto del duomo. Avevi lo sguardo di chi si è perso.

Fino a quel momento odiavo chi si era finto Minore, chi aveva giocato con la sua e la mia vita.

Non avevo immaginato che potesse essere qualcuno che stava più male di me.

Prima di salutare la ragazza Madre aveva chiesto, Venivate spesso qui?

Solo quando dovevamo dirci qualcosa di speciale. Suona come una cosa da bambini, ma era il nostro giardino segreto: è tipo un bosco scappato al cemento, se ti stendi sull'erba non si vede il traliccio dell'alta tensione, e neanche la statale. Solo alberi e un canale industriale che sembra un fiume. Dipende tutto dalla prospettiva, diceva sempre Minore.

La ragazza aveva esitato un attimo, poi aveva continuato.

Mi aveva dato appuntamento qui, quando voleva che vedessi per prima il tatuaggio della vipera che gli aveva disegnato suo fratello.

Mi aveva dato appuntamento qui quando aveva voluto dirmi basta, che mi voleva bene ma non potevamo continuare questa relazione, che avremmo finito per farci male, che forse eravamo davvero fatti l'uno per l'altra, ma fatti per stare male insieme.

Gli avevo dato appuntamento qui, qualche settimana dopo, per dirgli che avevo scoperto di essere incinta. Volevo abortire, lui mi aveva chiesto se poteva accompagnarmi. Non era andato a scuola, non era tornato a casa per pranzo: era stato con me fino a sera.

Il giorno dopo gli avevo scritto. Anche se la nostra relazione era finita, ero contenta che fosse stato con me. In realtà avrei voluto ricominciare tutto da capo: per un attimo mi era sembrato di non averlo ancora perso, che ci fosse ancora tempo per immaginarci insieme. Poi c'è stato l'incidente.

Togliamoci gli occhiali da sole, le aveva detto Madre.

Erano rimaste a guardarsi con gli occhi gonfi. La ragazza, il viso tempestato di lentiggini, aveva allora preso dalla tasca una clessidra e gliel'aveva data.

Per molti è la metafora del tempo che scorre inesorabile e che non si può fermare: sopra quello che ancora abbiamo, sotto quello che ormai è passato, le aveva detto.

Però a guardare bene, la sabbia si sposta, ma non se ne va mai. Basta girare la clessidra e il tempo riprende a scorrere. Non lo so, io mi perdo in queste cose filosofiche e magari una clessidra è solo una minuscola spiaggia portatile. O un deserto bonsai. Alla fine, è sempre questione di prospettiva.

Madre era rimasta seduta nella macchina spenta a fissare la clessidra svuotarsi e riempirsi, ipnotizzata. Guardare il tempo trasformarsi la calmava.

È il regalo che gli avevo preso per convincerlo a restare con me, per dimostrargli che il tempo insieme non era finito, le aveva detto la ragazza.

tettuccio

95. corrimano

Minore soffriva di mal d'auto, non c'era viaggio che superasse il quarto d'ora a cui riusciva a resistere. All'inizio era stata una tragedia: i sedili erano costantemente macchiati di vomito, entrando in macchina si percepiva sempre un retrogusto acido che contribuiva a scatenare ulteriori conati.

Madre e Padre avevano provato con tutti i rimedi che conoscevano, dai braccialetti alle pastiglie antinausea. Niente sembrava efficace. L'unico passo avanti consisteva nel limitare i danni. Minore aveva imparato a riconoscere la nausea e riusciva ad avvertire con sufficiente anticipo. Madre, preso rapidamente un sacchetto da freezer che teneva nel cruscotto, glielo passava. Appena possibile si fermavano in una piazzola di sosta, Padre faceva un nodo al sacchetto e lo buttava, mentre Minore si puliva la bocca con una salvietta umidificata, inspirava a fondo un paio di volte e rientrava in macchina.

Ma quando sarò grande come farò?, aveva chiesto un giorno.

In che senso?, aveva detto Padre.

Quando guido. Come faccio a guidare e a vomitare nel sacchetto?

Beh, in quel caso basta che abbassi il finestrino e vomiti fuori, gli aveva risposto Padre ridendo.

Neanche mezz'ora più tardi Madre e Padre avevano sentito un improvviso rumore di vento provenire da dietro, subito seguito da un suono gutturale. Si erano girati di scatto, giusto in tempo per vedere Minore che vomitava con la testa fuori dal finestrino.

Alla piazzola di sosta Padre aveva consumato la confezione di salviette per pulire la fiancata dell'auto sporca fino al corrimano del tettuccio, ma non aveva osato dire niente.

96. portapacchi

Stavano ritornando verso casa, quando il ragazzo con la felpa si era bloccato di scatto. Aveva sfogliato rapidamente lo stradario, e si era fermato alle pagine 56-57. La mappa mostrava una zona della periferia sud della città, al confine con i colli – un cerchio rosso sul bordo della pagina.

Eravamo insieme quella sera io e Maggiore, come sempre. A un certo punto mi dice che deve andare a prendere suo fratello e un suo amico a una festa. Avevamo dei petardi nuovi da provare, ma era presto e c'era ancora troppa gente in giro. Così decidiamo che lo seguo in motorino. Passiamo a prendere gli altri, poi allunghiamo verso i colli. Non c'è nessuno e siamo carichi e decidiamo di dare fuoco a un cestino all'inizio del sentiero. Per rendere più epica la cosa, Maggiore lo riempie di sterpaglie e qualche pigna e accende i petardi. È lento a tirarsi indietro. C'è un'esplosione vera e propria, parte qualcosa che colpisce in testa l'amico di Minore, cade a terra e rimane là, senza muoversi. Maggiore ha la mano che sanguina. La vampata è alta, quando torniamo a guardarla ci accorgiamo che hanno preso fuoco i rami di un albero. Forse era secco, non so, era buio – proviamo a spegnerlo, ma i rami sono troppo alti, il fuoco si propaga. Abbiamo paura, decidiamo di scappare. Stendiamo l'amico sul sedile posteriore, lo fissiamo con la cintura. Maggiore non riesce a guidare per via della mano, Minore dice che lo sa fare lui. Ci pare di sentire delle sirene in lontananza. Prendo anche io il motorino e andiamo via.

Torno a casa e aspetto un messaggio di Maggiore. Come sta? E l'amico di Minore? Cosa facciamo con l'incendio? Passo le ore a fare il numero dei pompieri e a cancellarlo, ho paura che risalgono a me. Poi penso che qualcuno l'avrà pur visto l'incendio e avrà chiamato, o forse non era niente di che e si è già spento; siamo solo noi che ci siamo spaventati. Penso che se Maggiore non mi ha scritto è perché sono in pronto soccorso, ma che se c'era qualcosa di importante mi scriveva e se non mi dice niente forse è perché non mi vuole disturbare, quindi non può essere niente di che.

A un certo punto finalmente mi addormento. Al risveglio dalla finestra arriva odore di bruciato e, prima ancora di sapere, so.

Madre e Padre non riuscivano a rientrare in casa. La colpa era l'esca di ogni loro pensiero, l'amo a forma di punto interrogativo. Si erano chiusi in garage a montare il portapacchi sul tetto della Volvo. Non avevano bisogno di dirsi che prima dell'alba sarebbero partiti.

97. antenna radio

Madre stava girando i canali, alla ricerca di una stazione che trasmettesse solo musica. A un certo punto le era parso di sentire un frammento con il suo nome, aveva accostato.

Era un'edizione regionale del giornale radio: la cassazione, stava dicendo il cronista, conferma le sentenze precedenti. Dopo diciotto anni si conclude il processo che ha visto coinvolte le famigl-

Madre aveva spento la radio.

Si era messa a piangere per il pensiero di sapere suo figlio colpevole; per gli effetti che quella condanna avrebbe avuto sulle loro vite; perché finalmente la tortura del processo era finita.

98. cinghie per portapacchi

Era notte quando avevano parcheggiato sotto casa. Padre aveva preso in braccio Maggiore, Madre aveva sollevato Minore, li avevano portati dentro, adagiandoli sulle lenzuola. Padre poi si era occupato di smontare le cinghie, scaricare i bagagli dal portapacchi e spostare la macchina in garage. Madre aveva buttato in lavatrice i vestiti e gli asciugamani ancora umidi del mare.

Non vedeva l'ora di crollare a letto, ma quando era passata in corridoio, Maggiore si era messo a piangere. Madre aveva provato ad aspettare un attimo, sperando che smettesse da solo: era rimasta lì, immobile oltre la porta socchiusa. Controvoglia, era entrata nella stanza.

Dormi, che è tardi.

Gli aveva accarezzato la schiena, lui si era tranquillizzato, il respiro si era fatto più regolare. Madre era uscita.

Appena superata la soglia, Maggiore aveva ricominciato a lamentarsi.

Madre l'aveva sgridato, gli aveva detto di smetterla, che erano tutti stanchi. Gli aveva ordinato di chiudere gli occhi e di fare silenzio.

Mi racconti una fiaba?

Madre si era seduta per terra. Le bruciavano gli occhi per la stanchezza: li aveva chiusi e aveva appoggiato la testa all'armadio.

C'erano una volta, in un palazzo molto molto lontano, un re e una regina. Desideravano tanto avere una bambina e, quando nacque, organizzarono una grande festa: invitarono tutti, tranne la strega malvagia.

Madre recitava a memoria una fiaba già raccontata decine di volte, come una litania.

La strega malvagia che scaglia la sua terribile maledizione. La fata madrina che prova ad attenuarla: la principessa non morirà, ma dormirà per cento lunghissimi anni, fino a quando verrà svegliata dal bacio di un principe.

Madre sussurrava al buio, ascoltando il suono di parole che le uscivano da sole, senza doverle pensare.

Nonostante gli sforzi del re e della regina, quando compie sedici anni la principessa si punge con un fuso da cucito. La fata madrina allora lancia un ultimo incantesimo: fa scendere il sonno su tutto il castello.

Madre a un tratto si era resa conto che era quella la magia più potente di tutta la storia.

Non uccidere – non è necessario un sortilegio per riuscirci –, né tantomeno il contro-incantesimo capace di trasformare la morte in un sonno lungo cento anni. Perché svegliarsi in un mondo in cui tutte le persone che amiamo non ci sono più è solo un'altra maledizione.

L'incantesimo più grande era quello, Madre lo aveva realizzato mentre raccontava la stessa fiaba per l'ennesima volta: fare addormentare tutti insieme.

E così il sonno cala sul re e la regina, cala sui menestrelli, sui giardinieri, cala sul panettiere che stava già dormendo perché si sarebbe dovuto alzare presto, cala sul giullare di corte, cala sugli operai intenti a rifare l'asfalto, sui casellanti e sui soldati di ronda, cala sui falconieri, sui maniscalchi, sugli architetti, sui bagnini e sui gelatai; cala, il sonno, mentre una fitta foresta avvolge le mura del castello, e un po' alla volta si fa spazio tra le stanze e i corridoi, fino a ricoprire ogni cosa.

99. corbezzoli

Padre guida, Madre gli stringe la mano quando la appoggia sul cambio.

Il fianco della collina è così pallido: l'erba dei prati e le zolle sono coperte da un uniforme strato di brina. Sembra che abbia nevicato, dice Padre.

Dopo un paio di tornanti il sole sorge oltre il crinale.

Fermati un attimo, dice Madre, lì c'è una piazzola.

La pianura con le sue strade, i suoi viali alberati, i paesi che digradano in case sparse, i campi ghiacciati: tutto brilla in quella luce radente.

Ne vuoi una?, chiede Madre allungandogli una sigaretta. Il fumo si mescola al vapore delle loro parole, le cose che lasciano a quelle che li aspettano.

Prima di ripartire Padre si inginocchia per stringere il nodo alle pedule. La macchina si allontana facendo scricchiolare piano la ghiaia della piazzola. Sul tettuccio dell'auto sono legati due alberi.

Sono i due corbezzoli, fissati con delle cinghie al portapacchi, con le radici e la terra chiusi in sacchi di juta che sporgono sul parabrezza.

Madre e Padre guardano nella stessa direzione e si dicono, Oggi li pianteremo.

Indice

Sperimentali

1. *Jenny la Secca,* Claudia Lamma
2. *Restiamo così quando ve ne andate,* Cristò
3. *La gente per bene,* Francesco Dezio
4. *Quante bugie hai detto questa sera,* Alessio Di Girolamo
5. *La meravigliosa lampada di Paolo Lunare,* Cristò
6. *Mezza luce mezzo buio, quasi adulti,* Carlo Bertocchi
7. *L'imitazion del vero,* Ezio Sinigaglia
8. *La casa delle madri,* Daniele Petruccioli
9. *Binari,* Monica Pezzella
10. *Fifty-fifty – Warum e le avventure Conerotiche,* Ezio Sinigaglia
11. *Pensa il risveglio,* Alessandro Cinquegrani
12. *Rogozov,* Mauro Maraschi
13. *Fifty-fifty – Sant'Aram nel Regno di Marte,* Ezio Sinigaglia
14. *Ragazza senza prefazione,* Luca Tosi
15. *Sfondate la porta ed entrate nella stanza buia,* Enrico Macioci
16. *Mia e la voragine,* Diana Ligorio
17. *Sillabario all'incontrario,* Ezio Sinigaglia
18. *Si vede che non era destino,* Daniele Petruccioli
19. *Temevo dicessi l'amore,* Mattia Grigolo
20. *Grave disordine con delitto e fuga,* Ezio Sinigaglia
21. *Inventario di quel che resta dopo che la foresta brucia,* Michele Ruol

A dar forma e vita a questo libro hanno contribuito:

Giovanni Turi (direttore editoriale) e *Tiziana Giudice* (correttrice di bozze)
– se trovate refusi o incongruenze la colpa non è dell'autore;

Giuseppe Moliterno (grafico), *Francesco Dezio* (illustratore) e *Stefano Savella*
(redattore) – se vi piace o meno esteticamente dipende da loro;

Crudo (studio editoriale) e *Silvia Sirolini*
– senza di loro *Inventario di quel che resta dopo che la foresta brucia*
non sarebbe giunto a TerraRossa Edizioni.

stampato ad aprile 2025
da Service4Media srl
quarta edizione